どうやら悪役令嬢ではないらしいので、もふもふたちと異世界で楽しく暮らします

坂野真夢

目次

どうやら悪役令嬢ではないらしいので、
もふもふたちと異世界で楽しく暮らします
女性嫌いな王太子
レオ・エイマーズ
イケメンで令嬢たちからモテモテだが、人嫌いで有名。幼い頃に王位争いに巻き込まれ、腕に呪いの印を刻まれた。以来女性恐怖症だったが、なぜかリンネだけは平気ですっかり仲よしに。
チートに目覚めたモブ令嬢
リンネ・エバンズ
前世は陸上部の女子高生。伯爵令嬢に転生したものの、アクティブすぎてまわりに引かれている。なぜか王太子のレオと伝説のもふもふに懐かれてしまい…おまけにチートが開花して…!?
CHARACTERS

リンネの従魔

ソロ

リンネにケガを治してもらった子コックス。「リンネ命！」でリンネのために不思議な力を発揮する。ヤキモチ焼き。

伝説の神獣

コックス

不思議な力をもつ伝説の神獣で、普段人間には懐かない。大人になるとしっぽが2本になり、人間の言葉を理解する。

ラノベのヒロイン

ローレン・レットラップ

レオとリンネと同じ学園に通う伯爵令嬢。実は前世でもリンネと友達だった。ラノベのヒロインで、レオと結ばれる運命のはずだが…!?

レオの頼れる兄貴分

クロード・オールブライト

レオのはとこ。引きこもりがちなレオの世話係兼兄貴分。頭脳明晰。何とかレオの呪いを解きたいと日々力を尽くすが…。

レオのおば

ジェナ

魔術の国出身で、ダンカンの妻。高度な魔術を操ることができ、ある計画を実行する。

レオのおじ

ダンカン

長兄ながら王位を継ぐことができず、ジュードとレオのことを妬ましく思っている。

国王陛下

ジュード

レオの父親。聡明かつ温厚な国王陛下。レオの人嫌いを心底心配している。

プロローグ

街路樹の落ち葉が、歩道を黄色に染める秋。日光が、北風に縮こまる私の体に優しく降り注ぐ。期末試験を明日に控え、私は、痛めた足を少し引きずるようにして駅へと向かっていた。先を急ぐ他校の女子生徒が、キャッキャとはしゃぐうちの高校の生徒たちをうらやましそうにじっと見て、追い抜かしていく。

白のブラウスにラベンダー色のリボン、ネイビーブルーのブレザーに、グレンチェック柄のスカートといううちの制服はアイドル衣装にも似ていて、巷《ちまた》ではかわいいと評判なのだ。けれど、私には、あまり似合っていない。小学生のときからずっと陸上女子で、毎日の日焼けで肌は小麦色。髪も走るのに邪魔にならないよう、ショートカットにしている。快活が具現化したようなこの外見には、ちょっとかわいらしすぎるのだ。

「おーい！　凛音《りんね》！」

うしろからの声に振り向くと、同級生の若柳琉菜《わかやなぎるな》が走ってくる。

「この時間に会うの、珍しいね、朝練は？」

「一週間前から部活は禁止だよ。テスト期間じゃん。昨日までは自主練をしてたけど、足をひねっちゃったから、今日はやめた」

今も、右足に体重をかけると少し痛い。あまりよくないのだけど、どうしても左に重心が傾いてしまう。

「マジで？　えー、歩いて大丈夫なの？」

「マッサージしたし、腫れも引いたから大丈夫。それより琉菜、テスト勉強してる？」

中間試験は散々だった。私は三教科も赤点を取ってしまったのだ。追試験で合格はできたけれど、内申には多少響くだろう。

そんな私をも上回る強者が世の中にはいる。そのひとりが琉菜だ。彼女は全教科赤点という快挙（？）を成し遂げ、本人は笑っていたけれど、先生は泣いていた。

「んー、気分が乗らなくてねぇ。なにも勉強してない。昨日は、読み始めた小説がおもしろくて、一気読みしちゃった。おかげで寝不足だよ」

「琉菜……」

琉菜があまりにもあっけらかんとしているので、さすがの私もあきれてしまった。

琉菜は、中学時代からの友人で、マンガ・アニメ・小説をこよなく愛するオタクだ。体育会系の私とは正反対の中身の持ち主だけど、中二のときに一緒に文化祭実行委員をやってから、意気投合して一緒にいることが多くなった。

私の通う高校は一応進学校で、生徒のほとんどが大学を選ぶ。だから、成績は大事なはずだ。琉菜の余裕がどこからくるのか、私には不思議でならない。

私も人のことを言えた成績ではないけれど、スポーツ推薦を狙えるだけの成果がある。県陸上競技秋季大会では、八〇〇メートルで優勝したのだ。全国大会では決勝まで進めなかったけれど、そこそこの体育大学ならば、この結果は有利に働くはずだ。

推薦には内申が大事だから、最低限、赤点だけは回避したい。

琉菜だって、やばい成績なのだから、真面目にやればいいのに。

心配の気持ちを込めて、私は琉菜を見つめる。すると彼女は、興味を引いたと思ったのか、目を輝かせて私の腕を引っ張ると、密着した状態で語りだした。

「それより、聞いてよ！　昨日の本、めっちゃよかったんだから。幼い王太子の苦悩、そして成長してからの真実の愛！　愛の力が奇跡を起こすの！　最高！　これぞ至高」

うーん、その話はどうでもいいな。

けたたましく語り始めた琉菜を、私は慌てて止めた。

「やめて琉菜。新しいことを聞いたら、昨日覚えた分がこぼれていく」

「すぐ忘れるなら大事なことじゃないんだよ」

一般的にはそうかもしれないけれど、テスト勉強は違うだろう。それに、琉菜のオタク話は、私の人生においてまったく重要ではない。そんなもので、せっかく覚えた日本史の年号を脳から追い出されては困るのだ。

「王太子様がさー、もうほんっとうにかわいそうでね。孤独でちょっと病んじゃってるの。本当は優しいのに、みんなに誤解されて」

「ふーん」

「凛音と同じ名前の悪役令嬢も出てくるんだよ」

「あーそー」

私は気のない返事で、興味がないことをわかってもらおうと試みる。

「それにね、もふもふかわいいの！　ぬいぐるみ販売してくれたら絶対買っちゃう」

「もふもふ？」

その単語に、私は思わず反応した。見た目のせいもあって、ボーイッシュでクールと思われている私だが、そうでもないのだ。かわいい動物には弱い。

「うん。小説の世界にしかいない神獣。キツネみたいな見た目をしているんだけど、コックスっていうの。ほら、こんなの」

琉菜は鞄から本を取り出した。

表紙には、祈りのポーズをしている赤毛の少女と、苦悩の表情を浮かべるアッシュブラウンの髪の少年が、アニメ調の絵柄で描かれていた。少女の足もとに、キツネに似たもふもふの獣が描かれている。タイトルは、『情念のサクリファイス』だそうだ。

獣かわいい。でもそれ以外はめちゃくちゃ中二病くさいな。

そのまま琉菜に言ったら怒られそうなことを考えつつ、私は小説の表紙を脳内から追い出そうと試みた。琉菜に付き合っていたら、私まで赤点を取ってしまう。

「でね、凛音聞いてる？」

そのとき、大気をつんざくようなブレーキ音が響いた。

大型トラックが突進してくるのに気づき、私は慌てて、呆然と立ち尽くしている琉菜の腕を掴んだ。が、逃げようと踏み込んだ瞬間、昨日ひねった足が痛んで、駆け出すのが遅れた。

その間にもトラックは容赦なく近づき、やがて私の視界はフロントライトの明かりでいっぱいになる。

もう間に合わないと悟った私は、琉菜をかばうように抱きしめた。

逃げ遅れるなんて、県大会優勝の肩書が泣くって。

最後に考えたのは、命がかかっているとは思えないほど、どうしようもないことだった。

引きこもりの王太子様

「ティン！」

あきらかに人間のものではない甲高い声が聞こえて、私は深い夢の中から引っ張り出された。とはいえ、まだ目は開かない。開けたくない。高校生はいくら寝ても寝足りないのだ。まどろみのなかで、必死に抵抗する。

まだ朝じゃない。気のせい！　もうちょっと寝かせて！

「ティン！」

しかし、声は止まらない。そのうちに、頬になにかふわふわしたものが押しつけられた。

く、くすぐったい……！

頬をかこうとして手を動かすと、指がふわふわのやわらかい毛とぶつかった。これはどう考えても人間じゃない。そこで私はようやく目を開けた。

「ええ？」

目に入ってきたのは、白く小さな獣だった。私の頬に、もふもふの尻尾を擦りつけている。

犬？　でも尻尾が太すぎる。むしろキツネっぽい？　え、でもキツネの鳴き声って『コーン』じゃないの？

獣は、私が目を開けたのに気づくと、満足げに「ティン」と鳴き、背中を向けて走りだした。

「え、ちょっと待って……」

獣を追おうと立ち上がったとき、私は、自分の姿が変わっていることに気づいた。

「え？　ええ？　なにこれ」

鏡がないので顔を見ることはできないが、確認できるすべてが違っていた。胸まであるウェーブの金髪。袖口にふんだんにレースが使われた水色のドレス。透けるような白い肌、甲高い声。身長も、今までよりもずっと低い。

それに、いる場所もおかしかった。太陽は中天にあり、あたりは花がいっぱいで蝶々まで飛んでいる。どう考えても外だ。

外で寝ていたなんて、ありえる？　これ、まだ夢の中なんじゃないの。

そう期待して頬をつねったが、無情にもものすごく痛い。

「待って。落ち着こう、私」

私は自分の胸に手をあてる。昔から怪我《けが》をしたときや不安になったときにこうしているので癖になっているのだ。

治療することを、日本語で『手当て』と言う。あれは医療が発達していない頃、本当に病気や怪我を、手をあてて治していたことが由来という説もある。医学的には根拠がないかもしれないけれど、お腹や頭が痛いときに、手で押さえているとよくなる気がするから、あながち迷信でもないと思う。

私は子供の頃から足が速く、有望選手として多くの大きな大会に出てきた。当然、怪我も多く、精神的にもつらいことが多かった。そこで、メンタルコントロールの一環として『手当て』を始めたのだ。気休めかもしれないが、実際に患部に手をあてていると、怪我も心もよくなるような気がした。

「うん。落ち着いた」

私は大きく深呼吸をした。すると今度は、滝のように記憶が流れてきた。

金髪の女の子の、生まれてから八歳までの記憶だ。名前はリンネ・エバンズ。伯爵《はくしゃく》である父親と元男爵《だんしゃく》令嬢の母親との間に生まれた一人娘で、溺愛されたぶん、ちょっとわがままだ。動きは鈍く、どんくさい。けれど、あざといところがあり、母親に似たつり目の美しい顔で周囲の大人をメロメロにし、これまでとくに困ったこともなく生きてきた……ようだ。

「なに今の記憶……？」

情報量が多すぎて、私の頭が追いつかない。ただ、最後の記憶と思われるのが、花壇に足を引っかけて転んだところだ。それは、庭園の遊歩道で倒れている現状とも一致する。

「わからない。誰か説明してよ」

体が〝金髪の少女のもの〟である以上、リンネの記憶が正しいに決まっている。だとしたら凛音の記憶はなんなのか。

「異世界転生とかいうやつ？　それとも、この体を乗っ取っちゃったとか？」

私自身は読んだことがないけれど、琉菜が読んでいた本では定番の設定だと言っていた気がする。要は、他人の体に心だけ入り込んでしまったと考えればいいのだろう。

つまり、私はリンネ・エバンズになってしまったってこと？　えええ？　なんで？　同じ名前つながりとか？

納得はいかないけど、現状を見れば、納得せざるを得ない。

不思議と、リンネの基本知識は、記憶を探るとポンと出てくるのだ。それは、私がリンネであることのなによりの証明だろう。

落ちついてくると、こんなところでひとりでいるのはまずいんじゃないかという気がしてきた。この世界の令嬢は、ひとりでどこにでも行ったりはしないのだ。保護者を捜さなくては。

ついでに、鏡で今の自分が本当にリンネ・エバンズであるかどうかも確かめたい。

だが、庭園に鏡などあるはずもなく、一番手近と思われた建物の窓には背が届かない。

……まずは庭園を抜け出すことからかな。

目標を定め、改めて周囲を確認する。ここは庭園で、遊歩道の両側にレンガ積みの花壇があり、赤、紫、黄色と色とりどりの花が綺麗に並び咲いている。

花壇の奥には石壁が見え、見上げると、それがそびえ立つ城の一部であることがわかった。

遊歩道はそれなりの広さがあるのに、いったいなににつまずいて転んだんだろう、私。

凛音のときならば絶対にしないであろう失態に、恥ずかしくなってくる。

体の自由度を確認する意味も込め、私は走ってみることにした。靴も皮製だし、ひらひらのドレスを着ているから、たいしたスピードは出せない。でも、転ばずには走れている。

凛音がはいたことのあるスカートの長さは、制服が最長で、せいぜい膝下五センチ程度だ。足首すれすれの長さのドレスを上手にさばけるのは、きっとリンネの体に身についている所作のおかげだろう。

むしろ機動力が上がったんじゃない？　と、私の気分は上がってきた。

庭園の出口は、なかなか見つからなかった。子供の足だからということもあるが、単純に庭園が広すぎる。困り果てて、足を止めたとき、再び声がした。

「ティン！」

「今の……！」

先ほどの獣の声だ。自分の身に起きたことに頭がいっぱいで忘れていたが、今の声で思い出した。

「もふもふ……！　触りたい。今の私には癒《いや》しが必要だよ」

途端に、目的はもふもふを捜すことにすり替わった。私は近くの花壇をじっくり覗きながら、獣を捜す。

やがて、背の高い花が植えられている花壇へと入り込んだ。そこに、ふわふわのアッシュブラウンの毛が揺れているのを見つける。

さっきのとはちょっと色が違うみたいだけど、かまうもんか！

「捕まえた！」

「うわっ」

飛びかかったら、いきなり突き飛ばされ、私は地面に尻もちをついた。だが、それよりも声が獣のものではないことに驚いた。

「人間？」

そこにいたのは、しゃがんでいる子供だった。花壇の中で、曲げた自らの膝をかかえていた。眉間に深い皺《しわ》を寄せ、私を睨んでいる。

綺麗な子！

私は思わずその子に見とれてしまった。

丸みのある輪郭に、宝石のような紫の瞳と小さな口、すっと通った鼻筋がバランスよく配置されている。肌の色は陶器のように白い。男の子に見えるが、女の子と言われても納得がいくくらい、体の線が細く、小柄だ。

私はなんと声をかけようか悩みながら、恐る恐る近づいた。

「あの私……怪しい者では……」

「近寄るな！」

少年は、かわいらしい見た目とは真逆の鋭い声で怒鳴った。

「来るな！　見るな！　どこかに行け！」

突然の拒絶の連呼に、私も言葉が出なくなる。

初対面の人間に向かって、失礼じゃない？

ムッとして言い返そうとしたけれど、少年の目に警戒心があらわになっているのに気づいて思いとどまった。いきなり飛びかかられたら、誰だって怯《おび》えるに決まっている。冷静に考えれば、私の方が悪い。

「ごめんね。捜していた動物と間違えただけなの」

そう言って、立ち去るつもりだった。だけど、遠くから「レオ様ー！」と叫ぶ数人の男たちの声が聞こえた途端、少年が過敏に反応したので、目をそらせなくなってしまった。

少年は立ち上がり、花壇から飛び出した。体を屈めたまま、声とは逆方向に走っていく。

だが、少年の足は遅かった。身長から考えても、もっと前に足が出せるはずなのに、歩幅が小さく、腕が全然振れていない。こんな走り方じゃ、すぐ捕まるとしか思えなかった。

男たちの声はどんどん近づいてくる。なのに、少年はたいして移動していない。私はだんだんヤキモキしてきた。

子供が大人から逃げるときは、たいてい子供の方が悪いものだ。皿を割ってしまったとか、いたずらを仕掛けたとか。怒られても自業自得なことが多い。だから放っておけばいい。そう思うのに、必死に逃げている姿を見るとやはり放っておけない。

私は少年の後を追った。案の定、リンネの小さい歩幅でも、すぐに追いついてしまう。

「逃げてるの？」

「なっ、なんだよ。まだいたのか」

少年はぎょっとして私を見ると、虫でも払うように手を振り回した。けれど、動きが遅いので、簡単によけることができる。

私は走りながら考えた。ここで会ったのもなにかの縁だし、少年が逃げるのに協力してあげてもいい。必死に逃げるくらいだから、この子にとっては重要なことなのだろうし。

少年は、ひざ下までの長さのTシャツの上にマントを羽織っていた。

「逃げてるんでしょ？　ね。私がおとりになってあげる。だから、脱いでその服」

「は？　なに……」

「いいから、早く」

言うが早いか、私は自分のドレスを脱ぎ捨てた。脱ぎ方がよくわからなかったので、首のあたりのボタンを開け、あとは頭をくぐらせて下から抜け出す。

もちろん下着はちゃんと着ている。少年は見た感じ私よりも幼そうだったので、下着を見られても、気にはならなかった。が、少年の方はそうではなかったらしい。下着姿になった私を見て、顔を真っ赤にし、両手で自分の目を隠した。

「なっ、お前っ、なにしてんだよ！」

「服を交換するのよ。ほら早く。男のくせに恥ずかしがるんじゃないの！」

襟を掴み、彼のマントを脱がす。そのとき、左の二の腕に十センチくらいの落書きを見つけたけれど、急いでいたので追及はしなかった。子供が体に落書きすることはよくある。

「そのシャツも貸しなさいよ。レディの下着が見えちゃうでしょ」

「はぁ？　レディ？」

呆気にとられる少年を無視し、私は無理やり奪い取った服を着た。そして少年には自分のドレスを頭からかぶせる。

「これでいいよ！　しばらく引きつけておくから、その間に逃げてね！」

髪色でバレないように頭にマントをかぶり、私はわざと声のする方へ姿を見せる。

「あ、いたぞ。レオ様だ！」

うまく勘違いしてくれたのか、声は私の方を追ってきた。

相手は大人だから、リーチの長さで負けるだろうが、小回りが利くぶん、入り組んだつくりの庭園にいる間は有利だ。私は遊歩道を小刻みに曲がりながら駆けていく。

なんといっても県大会優勝の実力の持ち主なのだから、大人にだってそう簡単に追いつかれはしないはず。

だが、思うように足は動かず、次第に動きが鈍り、もつれてきた。いつもなら、もっと速く足を動かせるのに、ひと呼吸分くらい遅い。

「はあっ、はっ、はっ……」

息が切れてきて、私は焦った。

おかしいよ。私が、こんなにすぐバテるはずないのに。

そう考えて、ハタと気づいた。

今はリンネ《わたし》であって凛音《わたし》じゃない。違和感なく自由に動けていたからうっかりしていたけれど、凛音の運動神経と体力まで、リンネに受け継がれているはずはなかったのだ。

気づいたときには遅すぎた。心臓は爆発しそうなほど激しく鼓動し、呼吸は荒く、目の前は真っ暗になる。完全に呼吸困難の症状だ。

そのまま意識が遠ざかり、私の体は地面へと転がった。


洗濯されたシーツの匂いが心地よく、やわらかい布団が私を包む。なんて素敵なベッドだろう。ここから出たくない。

寝返りを打とうとしたけれど、クッションのやわらかさに阻まれ、体が反転しない。結果、意味不明な動きでもがくだけとなった。

「ああ、目覚められましたか？」

よく通るテノールが聞こえて、私は驚いて目を開ける。寝起きに男性の声で起こされるなど、人生初だ。

まさか、いかがわしいことが？

艶めいた状況を想像したが、そんなわけはなかった。

ベッドには私ひとりだ。ただ、すぐそばで、男の子が覗き込んでいる。

明るいイエローブラウンの髪の、美少年だった。先ほどの少年よりはあきらかに年上だけど、大人とは言いきれない。おそらく中学生くらいの年齢だ。俳優のような整った顔立ちで、少したれ目なところが特徴的だ。

将来が楽しみ。……って、違う違う、そうじゃなくて。

「誰？」

「僕はクロード・オールブライトです。初めまして、リンネ・エバンズ伯爵令嬢。以後お見知りおきを」

あまりにも丁寧な挨拶に、私は息をのんだ。

そうだ。ここは日本《にほん》じゃない。

「えっと私……」

焦って上半身を起こすと、はらりと布団がはだける。ドレスは着ておらず下着姿だった。私が気づいて慌てるのと同時に、クロードは私に背中を向けた。

「失礼。眠るのにドレスは苦しいでしょうと、着せていないのです。今侍女を呼びますから、支度を整えてください」

「はあ」

よくよく周囲を見ると、部屋にはクロードのほかに先ほどの少年と、三十代と思《おぼ》しき紳士がいる。記憶を探るとすぐに人物が判明した。リンネの父親であるエバンズ伯爵だ。

お父様は、怒ったように眉を寄せ、「心配したのだからな、リンネ」とじろりと睨んでくる。

「そう言わないでください。エバンズ伯爵。お嬢様の騒ぎのおかげで、こうしてレオも無事に見つかりましたし」

クロードがお父様をなだめて、「さあ、リンネ嬢は着替えますから」とみんなを追い立てて出ていく。

すぐに紺色のお仕着せ姿の女性が入ってきて、私が少年に投げつけたドレスを着せなおしてくれた。

ここで、念願の鏡とご対面だ。

鏡の中にいたのは、記憶通りのリンネ・エバンズだった。金色の髪は緩くウェーブがかかっていて、ゴージャスな印象を与える。アクアマリンのような薄い青の瞳は、ちょっとつり上がり気味ではあるけれど、美人だと言えるだろう。が、幼い。悲しいくらいに胸がぺったんこだ。

リンネは八歳なんだよね。凛音の頃はなけなしでもAカップはあったことを思えば悲しくなるけど、仕方ないかぁ。顔が美人になったことを喜ぶべきだろう。

私が考え込んでいる間に、着付けをしてくれた侍女は、針と糸を取り出した。

「脱ぐときに無理をなさいましたね。しばらくじっとしていてくださいませね」

くすくす笑いながら、やぶれた部分を繕ってくれる。

着たままで直せるなんてすごい。

侍女の裁縫技術に感心しているうちに、あっという間に、身支度は整った。

「では王太子様をお呼びしてまいります」

侍女はにっこり笑うと出ていった。

待って。今聞き捨てならない言葉が聞こえた。王太子様って……。

中に入ってくるのは、先ほどと同じクロード、少年、お父様の三人だ。

ということは、どちらかが王太子様……？

じっと見つめていると、最初に近づいてきたのはお父様だった。

「改めて、体はどうだ？　リンネ。いつの間にか広間からいなくなっているから慌てたぞ」

「え？　えっと」

「覚えていないのか？　今日は私と一緒に、王家のお茶会にお呼ばれしたのだぞ」

その言葉を頼りに、記憶を探る。近い記憶だから、すぐに見つけることができた。

王太子様の回復を祝うために、王城に勤める貴族の子女で、王太子様と年齢の近い子供たちが集められたのだ。

ん？　回復？　なんか病気だったんだっけ？

私は、改めてクロードと少年を見つめた。にこにこ笑顔のクロードは、顔色もよく健康そうだし、どう見たってリンネよりも年上だ。ということは、この少年が王太子様……？

じゃあ私、さっき王太子様の服をひっぺがしたってこと？　いや、だって、あんなパジャマみたいな服で王太子様だなんて思わないじゃん。

青くなってうつむいた私に、お父様は「思い出したか？」と肩をたたく。あまりの動揺に言葉が出せず、私はコクコクとうなずくことで返事をした。

「では王太子殿下に失礼を謝りなさい」

「はい。……申し訳ありませんでした」

一応頭を下げたが、彼はちらりと見ただけで、すぐにそっぽを向いてしまった。

くっ、態度が悪い。

私がムッと顔をゆがめると、クロードが慌ててとりなしてきた。

「こら、レオ。……失礼しました、リンネ嬢。たしかにあなたの行為は不敬ではありますが、私は感心しているんです。レオは人嫌いの引きこもりでしてね。普段は人に体を触らせることなどないんです。彼から服を奪い取るのは至難の業だったでしょう」

私は首を横に振る。有無を言う暇は与えなかったし。抵抗されたわけでもない。それほど大変ではなかった。

「そもそもお茶会の、〝レオの回復を祝う〟という理由は建前で、陛下はレオと同じ年頃の子女を集めることで、少しでも人嫌いと引きこもりを改善しようとしたのです。ですが、彼は着替えもせずにこうして部屋を抜け出してしまいました。慌てて捜して、やっと見つけたと思ったら倒れるし。しかもそれが別人で……。驚いていたらレオ本人が心配して走ってくるし……。いやもう、……ぷっ、久しぶりに大笑いしました」

クロードが、笑いをこらえながら説明してくれた。私はあきれた気分で、レオを見た。

せっかく逃がしてあげようとしたのに、自分から出てくるなんて、なにをやっているんだ、王太子様。

「そこでね、あなたの手腕を見込んでお願いがあるのです。レオがこの状態のままでは、友人もできず、学園に戻るなど夢のまた夢です。そんなレオに負けずに話せるリンネ嬢のような人は貴重だと思うのですよ。ぜひレオの遊び相手になっていただきたい」

クロードに両手を握られ、私はビビった。

え？　なに？　遊び相手って……そんな荷の重いこと無理だし！　だいたい、逃げ出すってことは遊び相手なんかいらないんでしょ？　ひとりでいたいなら、ひとりでいさせればいいじゃん。

現代日本の知識がある今の私には、引きこもりの気持ちもわかる。無理やり外に出そうとしても、ろくなことにならない。

「でも、王太子様の気持ちも……」

「お受けしましょう」

断ろうとした私の声に、重ねてきたのはお父様だ。

「我が娘でお役に立つならばいかようにも。ええ、お任せくださいませ」

「ちょ、お父様」

がしっと両肩を掴まれ、鼻がくっつきそうなほど近づいてくるお父様の顔は真剣そのものだ。

「リンネ、これは光栄なことなんだぞ。人嫌いと言われたレオ様の唯一の友人になれれば、お前はいずれ王太子妃。我が家はうっはうは……」

「心の声が漏れてますよ。エバンズ伯爵」

「いやあ、冗談ですよ。クロード様」

クロードのツッコミに、お父様は笑ってごまかしたが、その目には、王族に恩を売れるチャンスを逃すかという欲が浮かんでいる。

結構欲深なんだな、お父様。リンネの記憶では子煩悩な父親というイメージしかなかったけど、認識を改めた方がよさそうだ。

クロードは私の手を握る力を強め、有無を言わせぬ勢いで、にっこりと笑った。

「お父上の許可も出たようですし、よろしくお願いいたします。リンネ嬢」

「え、でも」

「あなたに、レオの将来がかかっているのです」

まぶしいほどの美形に懇切丁寧に頼まれれば、私だって嫌とは言えない。

「わ……わかりました」

粗相《そそう》をしない自信はありませんが、と付け加えたい気持ちを、ぐっとこらえた。


「お、お帰りなさいませ」

私をエバンズ邸で迎えてくれたのは、側仕えの侍女のエリーだ。ダークブラウンのストレートの髪をうしろでひとつに結び、オドオドとした表情で頭を下げる。

「ただいま、エリー」

エリーのことを思い出したときに、私は自分の悪行をも一緒に思い出した。

リンネは伯爵夫妻から溺愛されて育った。両親の前ではおとなしそうにしているが、中身はわがまま娘だ。時に、ものを投げて高価な壺を割ったり、母親のドレスを果実の汁で汚したりなど、怒られるようなこともたくさんしでかしている。リンネはそれを、すべてエリーのせいにしてきたのだ。

雇われている立場のエリーは、反論もできずに罪をかぶり、罰を受けてきた。両親がエリーを解雇しようと言いだすと、リンネが『エリーをやめさせないで』と泣いてすがった。いっそ解雇された方が彼女は楽だったろうに、リンネは恩に着せて、エリーを自分のいいように使っていたのだ。おかげで、エリーはすっかりリンネに怯えているのである。

子供のくせにひどいことするよね。これからはちゃんと優しくしなきゃ。

私はそう決意し、部屋でエリーに着替えを手伝ってもらった後もお礼を言った。

「ありがとう、エリー」

「……え？」

普段、お礼を言われることのないエリーは、空耳かというような顔をしている。

「しばらく休むから、夕食の時間がくるまで呼ばないでね」

「あ、はい！　ごゆっくりお休みくださいませ」

エリーが出ていくのを見送り、私はベッドに寝転がって、リンネの記憶を整理した。

ここはハルティーリア王国。ディアノス大陸の東端に位置する、一千年の歴史がある産業貿易国だ。国土内に大きな火山があり、地熱を利用した農業が盛んで、国は潤っている。

リンネの父親であるチェイス・エバンズ伯爵は、王都より南に領土を持っている。財務官という仕事上、一年のほとんどを王都にあるタウンハウスで過ごしていて、領地に行くのは冬の一時期だけだ。

リンネは、王都に住むほかの貴族子女と同様に、王国貴族学園に通っている。

日本と違い、この国の学校は五歳から十七歳までで、午前中しか授業がない。午後は自分の屋敷に戻って礼儀作法の練習をしたり、武術の訓練をしたり、狩りをしたりとそれぞれの家庭事情に合わせた行動をするのだ。

エバンズ伯爵家では、午後は礼儀作法の時間と決められていたが、リンネは逃げてばかりいて、使用人たちを困らせていた。そのくせ、伯爵からそれを責められると侍女のエリーのせいにしたのだ。

また、リンネの悪行を思い出してしまった。ごめんね、エリー。

リンネの性格の悪さはさておき、クロードからのお願いは、その午後の時間に、城でレオと一緒に過ごしてほしいというものだ。

私はごろりと寝返りを打つ。

一年前、王家は代替わりの時期だった。詳しい話はリンネの記憶にはないが、そのあとから、王太子が引きこもりになって学園に来なくなったという噂を聞いた覚えはある。

学生時代は、様々な貴族子女と交流が持てる貴重な期間だ。王族にとっては、将来の側近を見つけるまたとないチャンスでもある。その期間を引きこもりとして過ごすのは、あまりにももったいないと、国王陛下は考えているらしい。

まずはひとりでも友人をつくり、その子に誘い出してもらって外の世界へと飛び出してほしい。そういう意図で、今日のお茶会は開催された。結論として、レオは抜け出してしまって、私以外の人間とは顔すら会わせなかったわけだけど。

個人的には、引きこもっていたいなら、引きこもらせておけばいいと思う。

だけど、この世界の常識では、父親の命令に逆らうことなど許されない。つまり、お父様が私をレオの遊び相手にすると決めたのならば、私には拒否権がないのだ。

私は、リンネの記憶を深掘りして、レオの年齢を思い出した。背が低く、腕も細かったから年下だろうと思っていたのに、なんと彼はひとつ年上だった。学年が違うから、学園に通っていたころもあまり面識はない。こちらが一方的に知っていたくらいの関係性だ。

彼にとっては、陛下やクロードに無理やり友人として用意された私の存在など、邪魔なだけだろう。

いっそ、嫌われちゃえばいいのかな。そうすれば、お互いにとって得なのでは。そうよ、もともとのリンネは性格悪そうだったしね。

妙案を得た私は、一気に気が楽になる。

じゃあ意地悪を考えよう。えっと。……えーっと。なんだろ。意地悪ってそもそもどういうことをすればいいんだ？　困らせるとか、人の嫌がることをするとかだよね。

しばらく考えていたが、レオのことをなにも知らないのに、効果的な意地悪など思いつくはずもない。

まずは敵を知らなきゃ駄目だな。とはいえ、なかなか打ち解けてもらえそうにないけど。

そこで、クロードを味方につけることを思いつく。彼は話し方も落ち着いていて、大人びていた。愛想がよく、優しそうだし、うまくすれば仲よくなれるだろう。

「よし、がんばろ」

方針が決まったことで安心し、急速に眠気が襲ってきたので、私は目を閉じた。

……あれ、そういえばあのもふもふ、結局なんだったんだろう。

眠る直前にそんなことを思ったけれど、睡魔には勝てず、私はそのまま深い眠りに入ってしまった。

夕食の時間に呼びにきたエリーに起こされ、夕食の席へと着くと、お母様からは質問や叱責がたくさん飛んできた。けれど、寝ぼけていたので私の頭には全然残らなかった。

お小言は、多すぎると雑音にしか聞こえないのだ。

王太子様の秘密

翌日、私はエリーと共に馬車に乗り込み、学園へと登校した。

門を入ってすぐのところで馬車から降ろされ、エリーから鞄を渡される。学園内では侍女がそばにつくことはないので、エリーとはここでお別れだ。

「ではリンネお嬢様。昼にお迎えにまいります」

「うん。ありがとう、エリー」

「はい！」

昨日は驚いていたエリーだったが、今日は微笑まれた。はにかんだ笑顔がかわいらしい。

意地悪するより断然楽しいなぁ。でも、いきなり態度が変わっても怪しまれるか。

しかし口に出したものは戻らない。考えた末、私は「お、遅れるんじゃなくてよ」と言ってそっぽを向いたが、ただのツンデレにしかならなかった。意地悪って難しい。

門では、同じように多くの学生が乗ってきた馬車から降り、校舎へと吸い込まれるように消えていく。

学園の様子は、リンネの記憶にある通りだ。校舎は二棟あり、年齢によって分けられている。私の通う十歳以下用の校舎は、高学年用の校舎とは校庭を挟んで反対側にある。これは、低年齢の子供たちが騒いでも、高学年の勉強の妨げにならないようにとの配慮だ。

ふたつの校舎の間には、ほかにも、講堂や体育館があり、すべて渡り廊下でつながっている。

場所を確認しながら歩いていると、しずしずと近寄ってくる令嬢がいた。

「ごきげんよう、リンネ様、昨日はどうなさったの？　いつの間にかいなくなっているんですもの、驚いたわ」

じっと顔を見て、記憶を探る。ストレートの深緑の髪、薄い金色の瞳。ポーリーナ・アドキンズ伯爵令嬢だ。昨日の王家主催のお茶会にもいたはずだ。

「ポーリーナ様。昨日は途中で具合が悪くなってしまいまして。なにも言わずに帰宅してしまって申し訳ありません」

「あら、いいんですのよ。リンネ様はそんなにお体が強くありませんものね」

この肌の白さから証明されるように、凛音が転生する前のリンネは完全なるインドア派だった。運動の授業は、仮病を使って日陰で休憩するのが常で、周りには体が弱いからと公言していた。なかなかに、図々しい性格である。

私は走りたいんだけどな。突然行動を変えたらみんな驚くだろうし、困ったなぁ。

校庭を見ながら、私はうずうずする気持ちを止められない。しかし、これまでのリンネと、あまりにも違う言動は控えた方がいいと思ったので、しばらくの間は我慢することにした。

その日の学園生活は、無難に過ぎていった。

授業が終わると、迎えにきた馬車に乗り、自分の屋敷に戻って昼食を取ってから、今度は王城へと向かう。

「これが通行証になります」

お父様に託されたという通行証をエリーが見せてくれる。王家の紋章が彫られた木製の板だ。城門を通るときに必要らしい。

「お嬢様が王太子様の遊び相手として選ばれたなんて。伯爵家にとっては誇らしいことですね」

喜んでくれるのはうれしいけれど、服を脱がせるほどの図々しさを買われただけだから、誇らしくはない気がする。

「そうかな」

私がそっけなく返すと、エリーはびくりと体を震わせた。

エリーが私の顔色をうかがっているのを見ると、とても申し訳ない気持ちになる。

ずっと一緒にいる人と気を使い合っているなんて疲れるよ。早くエリーと仲よくなりたい。

私はため息をついて馬車の窓から外を眺めた。ちょうど城門に着いたところで、敬礼する衛兵の姿がよく見えた。

通行証の確認を求められたのか、エリーが扉を開け、対応していた。

城の敷地内に入ると、衛兵に馬車を誘導され、私はエリーと共に正面入り口前で降ろされた。

「お話はうかがっております。こちらでございます」

城の従僕に案内され向かった先は応接室だ。エリーは邪魔にならないようにと一歩下がったところでおとなしくしている。

「やあ、よく来てくれたね、リンネ嬢。どうぞこちらへ」

笑顔で迎えてくれたのは、レオ本人ではなくクロードだった。

クロードは十三歳。先王――すなわち、レオの祖父――の弟であるオールブライト公爵《こうしゃく》の孫であり、レオとははとこ同士になる。

レオとクロードは共にひとりっ子同士で、子供の頃から兄弟のように仲がいい。レオが引きこもりになってからは、親族の中で一番年が近いという理由で、彼の世話役を引き受けているそうだ。

もちろん、彼自身も学業や自身の家督を継ぐための勉強があるので、べったり一緒というわけではないそうだが。

「侍女は控えの間で待っているように。リンネ嬢はこちらに。レオが待っています」

クロードがエスコートしようと腕を差し出した。大人と変わらない身長のクロードの腕に、八歳児としては小柄な私が手をかけようとすると、ちょっと遠い。

クロードは、私がこっそり背伸びをしているのに気づくと、にっこり笑って、腕から私の手をはずし、自分の手とつなぎなおした。

「ありがとうございます」

「いいえ。かわいらしいお嬢さんをエスコートできて、光栄です」

笑顔がまぶしい。レオよりもクロードの方が、ずっと王子様感はあるなと思いながら、遅れないように足をちょこまかと動かす。

貴族の中でも、公爵というのは王に次ぐ位だ。その下に侯爵《こうしゃく》、伯爵と続くので、クロードの身分はあきらかに私よりも上だ。

それなのに、こんなへりくだった態度を取れるなんて、本物の紳士としか言いようがない。

控えめなイケメンとか、できすぎではないかしら？

「レオ。リンネ嬢が来てくれたよ」

豪華な装飾の扉を開けると、そこにレオの姿があった。どうやらここは、彼の勉強部屋のようだ。昨日とは違って、光沢のあるシャツと黒のスラックスという服装で、書き物机に向かって座っている。

「今日は布みたいな服じゃないんですね」

思ったまま言うと、隣のクロードが噴き出した。レオが、真っ赤になって反論してくる。

「布ってなんだ！　失礼だぞ！」

「えっと、だってなんて言えば……」

ここには、Tシャツという言葉はない。ほかにあの形状の服を表す言葉は……と考えてみたけれど、なにも思いつかなかった。

考えあぐねていると、「いいからさっさと座れ！」とレオがそっぽを向いた。歓迎しているわけではないが、追い出すつもりでもないらしい。

「昨日の服は夜着だ」

神妙に告げられた言葉に、今度は私が噴き出してしまった。

こんな話、流してもいいのに、真剣に答えるなんて、レオは律儀な性格なんだな？

「どうして夜着姿で出歩いていたのですか？」

「父上が勝手に貴族の子女たちを呼んだからだ。そんなこと頼んでいない。俺は誰とも話したくないんだ」

引きこもりらしいセリフに、私は聞きながら、うんうんうなずく。

「だから、腹が痛いと言って部屋にこもって、時間近くになったから逃げだして隠れていたのだ。……お前こそ、なぜあんなところにいたのだ？」

リンネは単純に飽き飽きしていただけだ。子供たちを集めて……とは名ばかりで、会場は親も加わる社交場となっていた。お父様は、リンネよりも社交に夢中になっていて、ファザコンのリンネは、父親を心配させたくてこっそり抜け出したのだ。

……言えない！　そんなかまってちゃん全開な返答。

「ええと……。お散歩していたら迷ってしまったんです。そうしたらもふもふした獣を見つけまして。捕まえたつもりがレオ様だったという……」

「獣？」

「キツネみたいな獣です。白い毛がやわらかくて……。『ティン』って鳴いてました」

実態の掴めなかった獣のことを、私はできるだけ詳しく説明した。不思議なことに、リンネの記憶のどこを探っても、あの生き物についてはわからなかったのだ。

「それは、コックスじゃないかな」

答えたのはクロードだ。私はその名前に既視感を覚える。どこかで聞いた気がするけれど、どこでだろう。

「コックスとは？」

「もともとは書物でしか見たことのない珍獣なので、絶滅したと言われていたんです。最近になって、王都で目撃情報が寄せられていますね。最初は白いキツネじゃないかと言われていましたが、親の方に尻尾が二本あったので、コックスだと判定されたそうですよ。かわいらしくはあるんだけど、畑を荒らしたり、人や馬車の前に突然飛び出してきたりと、行動には危ない面もあります。賢い獣のようで、捕まえてもいつの間にか逃げて、いなくなっているそうです」

「たぶんそれです。いつの間にか姿が見えなくなっていたし」

珍獣かぁ。貴重な動物だったんなら、余計触りたかった。

頬を尻尾でなでられるくらい近くにいたのだ。自分の姿が変わっていることに動転して、捕まえ損ねたことが口惜しい。

「お前はコックスを見たのか？」

レオに問いかけられ、私はうなずいた。

「レオ様と出会う直前にコックスを見たんです。触ってみたくて、捜してました。それでコックスと間違えて、レオ様に飛びかかってしまったんです。あのときはごめんなさい。そのあとは、レオ様が追われているようだったから、おとりになろうと思って身ぐるみはいだんですよ。助けるつもりだったんだから、怒らないでください」

「身ぐるみって……お前は変な言葉を知っているな」

あきれたようにレオがつぶやく。引きこもりで人嫌いというけれど、会話はちゃんと成り立っているし、反応は感情豊かだ。

少し気が楽になり、私はちょっと調子に乗った。

「そうそう、レオ様って、私より年上だったんですね。意外です」

体は華奢《きゃしゃ》だし、色も白い。身長だって私の方が高いのだ。

「年下だと思っていたのか？」

「ええ。てっきり。だって女の子みたいに細いし……」

私は、彼の細い手首をじっと見つめた。視線にいたたまれなくなってきたのか、レオはぷいとそっぽを向く。

「不躾に見るんじゃない。不敬だぞ！」

不躾と不敬って意味は違うんだっけと思ったら、無性に気になってしまい、私はしばらく脳内で言葉を転がした。

不躾は不作法ってことでいいのかな？　不敬はそのままだよね、敬意が足りないって感じ？

「要は、私が無礼ってことですね！」

思いついて、笑顔でそう言えば、レオは、あきれたようなため息をついた。

「……っ、真正の馬鹿か」

私はバツが悪くなってうつむいた。すると、レオの脇から「ぶっ、くくくっ……」というクロードの笑いをかみ殺す声が聞こえてくる。

クロードは笑い上戸なのかな。さっきからずっと笑いっぱなしだ。そろそろ腹筋が疲れた頃でしょうよ。笑うのはやめて助けてくれないかな。

助けを求めて熱い視線を送る私に、クロードがようやく気づいてくれた。

「ああ、おもしろかった。すごいですね、リンネ嬢。レオがこんなに話すのは一年ぶりです」

「そうなんですか？」

思い返せば、最初に会ったとき、レオはほとんどしゃべらなかった。だからこそ、無理やり服を奪い取る暴挙に出たのだ。

「それはいいことですか？　それとも私があまりに失礼でした？　でしたら謝りますけど」

顔色をうかがうようにレオの方を見ると、くしゃくしゃに丸められた紙が飛んでくる。開いてみると計算の課題が書いてあった。

「謝れなんて言ってない」

レオはそっぽを向き、顔を赤らめたままそんなことを言う。

なんだこれ、ツンデレか。

ここまでの行動を見ていても、レオは決してコミュニケーションの取れない人間ではない。とはいえ、ツンデレへの対応には私が慣れていないので、どういう返答をするのが正解なのかわからない。再び目でクロードに助けを求めると、まだ半笑いのクロードはそれを受け、咳ばらいをし、居住まいを正した。

「ふたりが仲よくなれそうでよかった。レオは今、学園に通っていないので、家庭教師をつけて勉強しているのです。学年が違うリンネ嬢には少し難しいこともあるかもしれませんが、予習のつもりで聞いていてください。リンネ嬢の学園での課題をその家庭教師に教えてもらってもいいです」

簡単に言えば、レオの勉強に付き合えということだ。すでに午前中に嫌というほど勉強してきた私としては不服だが、明日提出の課題を教えてもらえるならばメリットはある。要は塾で勉強していると思えばいいのだ。

やがて五十代と思われる男の先生が入ってきて互いに自己紹介をした。名前はテレンス先生。メガネがとてもお似合いだ。

「ようこそ、リンネ様。歓迎します」

手を差し出されたので、握手をする。

大人から、かしこまった挨拶を受けるのは、ひとりの人間として尊重されているようで、うれしかった。

テレンス先生は、レオから前回の宿題を受け取ると、今日の分を渡す。私には、「学園で出た課題をやっていいですよ」と言ってくれた。

それを見届けたクロードは、私たちの勉強中は剣術の訓練をすると言って立ち上がる。

「えっ、いいな。私も剣を習いたいなぁ」

最近、運動する時間がまったくないので、うらやましくて思わず言ってしまった。クロードはそれを聞くと、やれやれという調子で、私の頭をなでた。

「案外お転婆なんですね。でも、リンネ嬢には剣は重いですよ。怪我をしたら大変ですし。……また後で様子を見にきますからね」

なだめるようにそう続け、部屋を出ていった。

「リンネ様は、できるものとできないものの差が激しいですね」

三十分後、私の課題の解答を見て、テレンス先生はため息をついた。

日本の高校生の知識があるのだから、計算などはお手のものだが、文化とか歴史については、もともとリンネが持っている知識しかない。記憶をたどってもあまり出てこないところをみると、リンネは頭の出来があまりよろしくなかったようだ。

「レオ様は……はい。問題ありませんね」

対してレオは賢かった。課題の紙には次々に丸がつけられていく。

私は負けたような気分になりつつ、彼を横目で見たが、勝ち誇った顔を返されただけだ。なんだか悔しい。

続いて、メイドたちによって、お茶とお菓子が用意された。

「休憩ですか？」

私が満面の笑顔で聞くと、テレンス先生は穏やかに返した。

「休憩がてら行儀作法のお勉強ですよ」

お菓子が食べられるのはうれしいが、これでは休憩にならない。不満だ。

まずは先生から、注意すべき点が語られる。

招待されたときはまず、主催者に挨拶をする。座順が決められているはずなので、勧められるまで椅子には座らない。お茶を飲むときは音を立てず優雅に、などなど。

「リンネ様、小指が立っております」

「う……申し訳ありません」

カップを掴むと、どうしても小指が立ってしまう。カラオケでマイクを握るときと同じ原理だ。いや、普通立つでしょ。なんでレオは立たないのよ。

恨みがましく見つめるも、彼はすました顔でそっぽを向いている。

「レオ様は笑顔が足りませんね。お茶会で、とくにもてなす側になる場合は笑顔が大事です」

「俺は男だ。茶会など開催しないのだから問題ない」

「男にも社交はございますよ。チェスなどの遊戯をしながら、招待客に気を配らなければなりません」

「む」

わかりやすくレオがむくれた。けれど、反論したりはしない。これは必要だと納得しているものには、愛想はなくても取り組んではいるようだ。

王太子様だもんね。やりたくないからって逃げたりはできないか。

レオへの認識を深めながら、お茶会は続いていく。

「さあ、お茶会を盛り上げるために大切なのは会話です。せっかく同じ年代のお相手に来てもらえたのですから、交互に話題を出して、会話を盛り上げてください」

テレンス先生からは、なかなかに無茶ぶりの課題が出された。

席にふたりきりにされ、先生は離れた窓際の近くに椅子を置いて座る。遠くから観察してチェックするつもりのようだ。

いや、いきなりは無理でしょうと思うけど、先生の期待のまなざしがつらい。日本人なので、空気読んじゃうんだよ、私は。

「えっと、レオ様は今日なにを食べました?」

「……いきなり食べ物の話題か?」

がんばって出した話題を一蹴され、私はムッとした。

「じゃあ、なにを話せばいいんですか」

「一般的には天気だろう! あたり障りのないところからいくのが普通だ」

ご飯だってあたり障りないじゃんよ。どうせいいもの食べてるんでしょうに。

しかし、ここで王太子相手に噛みつくわけにはいかない。私はぐっとこらえて、言われた通りに天気の話を振った。

「じゃあ、いい天気ですから、この後お散歩でもしませんか」

「散歩?」

「ええ。昨日も思いましたが、庭園のお花がとても綺麗なので」

口もとに手をあて、完璧なる令嬢スマイルだ。

どうよ、これで文句ないでしょう。

「そうだな……」

レオは、ちらりと先生に目をやると、突然立ち上がった。

「では、そうしよう」

「あ、レオ様、リンネ様。駄目ですよ、今は勉強の時間で……」

「これも社交の勉強だ。ついてこい、リンネ」

レオはそう言って部屋を出ると、こちらの足の速さなど計算に入れていないかのように力強く走りだす。

普通の令嬢なら置いていかれてしまうような速さだが、私は平気だ。体ができあがってなくとも、引きこもりの王太子に負けるほど遅くはない。甘く見てもらっては困る。

「遅いですよ、レオ様」

私はダッシュをかけてレオを抜いた。予想外だったのかレオは目をむいている。

「ちょ、お前っ」

「先に行きますよー」

カーブで膨らみすぎないようにスピードを調整し、左足に力を込め、体を押し出す。久々の走る感覚は気持ちがよかった。もっともっと走っていたいのに、すぐに息が上がってしまうこの体が恨めしいくらいだ。

リンネには体力がなさすぎる。庭園の入り口に着く頃には、すっかり息が上がっていた。

体幹ももうちょっと鍛えないと駄目だ。カーブで体を支える力が弱すぎる。

やがて、レオが息を切らしながら追いついてくる。

「お前っ、なぜ俺を置いていくんだ」

「だって先生から逃げるなら、本気で走らないと」

「そんな汗だくの令嬢、見たことがないぞ」

「そう、この程度で汗をかいちゃうなんてよくないですよねぇ」

私は、レオに生返事をしながら、思うようにならないこの体を鍛えるために、どうすればいいかを考え始めていた。まだ八歳だ。ぶよぶよしたこの足も、鍛えればすぐに筋肉をつけることができるだろう。

走り込みをするのは簡単だけど、この国の貴族令嬢には、運動が推奨されていない。学園の運動の授業は、ほぼダンスの練習で、運動らしいことといったら、ボールを投げて受け止めるだけの覇気のないドッジボールくらいだ。走ることは、どちらかといえば、はしたないことだとされていて、令嬢がやろうとすると、家の者から全力で止められる。

貴族女性にふくよかな人が多いのは、絶対にそのせいだよ。

「レオ様。体力づくりに毎日走りませんか？」

「は？」

「ほら、私もレオ様もまだ若いですし、筋力つけなきゃいけないと思うんですよ」

ひとりで駄目なら、レオと一緒に走ればいいのだ。王太子様と一緒に、といえばなんでも許可が下りる気がする。

私だって私的な時間をこうしてレオのために使っているわけだし、ちょっとくらい私がやりたいことを入れ込んだっていいだろう。いいよね、うんって言え！

目で訴える私に、レオはあきらめたようにうなずいた。

「わかったわかった。……まったく、お前は変な奴だな」

「そうですか？」

「俺のことが怖くないのか？　……その、見たんだろ？」

レオが左腕をさする。

そこで私は思い出した。マントをはいだとき、彼の二の腕に、大きな落書きがあったことを。

「あの落書きは、自分で書いたんです？」

「は？」

「腕になにか書いてありましたよね。消えなくなったんでしょう？　わかります、若気の至りってやつですよね。まあでも、レオ様若いんだし、成長するうちに消えますよ」

この世界に油性ペンはないはずだが、きっと消えにくいインクでも使ってしまったのだろう。消えなくなって、恥ずかしがっているのかと思えば、ツンツンした態度もかわいく思えてくる。

生温かいまなざしを向ける私に、レオは異物を見るような視線を向けてきた。

「……お前、馬鹿だろう」

「失礼な！　成績はほどほどですよ」

「どうだか、さっきの課題も結構間違っていたじゃないか」

「むう！」

興味のないような顔をして、私とテレンス先生のやり取りを聞いていたようだ。そこは知らぬ振りをしてくれたっていいじゃない。

私は不満を隠さずレオを見つめる。彼は彼で、もう言うことがなくなったのか、それきり黙ってしまった。

しばらく沈黙の時間が流れた。気まずくて居心地が悪い。どうにかしたいけれど、固く口を結んでしまった彼に無理やり話しかけても、和まないこともわかっていた。

やっぱり男の子とは体で語り合わなきゃ駄目かな。同じ釜の飯を食うとか、同じ苦労をするとか、そういうことで男子とは友情が生まれた気がする。

かつての経験を思い出して、私はこの場でできる最良の方法を提案した。

「レオ様、ここでトレーニングしましょう」

「は？」

「いいですか、私のやることをまねてくださいね」

始めたのは、ストレッチだ。大会のときのウォーミングアップや、ランニング後の整理体操的な意味合いでやったもので、体幹を鍛えたり筋肉をほぐしたりする。

ところがやり方はわかっても、リンネの体はうまく動いてくれない。初めてやるレオも同じで、私たちはバランスを崩して座り込んだり、痛い痛いとわめいたりしていた。

「まったく、なんなんだ、この体操！」

「でも絶対、体が鍛えられますよ！　っていったーい」

「痛いと言いながら、笑ってるじゃないか、変態め」

「レオ様だってそうでしょ！」

私が汗だくになりながら笑っているのを見て、レオはついには笑いだした。

初めて見るレオの笑顔は、ずいぶんとかわいらしく、私は、レオとの間にあった見えない壁が薄くなったような気がした。


「レオ、リンネ嬢！　こんなところにいたんですね」

そのうちに、走ってやって来たのはクロードだ。

最初に見た貴族っぽい服と違い、動きやすそうな素材のシャツの上に胸あてや小手をつけている。宣言通り、剣術の練習をしていたのだろう。

クロードは私たちをいさめるように眉を寄せた。

「先生が困っていましたよ。礼儀作法の時間なのに、散歩すると言って逃げていった、とね」

「それ、困っているんじゃなくて怒っているんじゃ……」

私は思わずつぶやいた。クロードはじろりと睨むと、腕を組んで続ける。

「そうとも言います。さ、謝らないといけませんよ。先生だって暇じゃないんです。わざわざレオのために時間を割いてくださっているんですから」

「頼んでないのに」

ぼそりとレオが言ったが、クロードに睨まれ、口を噤《つぐ》む。私はクロードの袖をツンツンと引っ張り、懇願した。

「クロード様。先生には謝るから、これからは運動する時間もつくってくださいな」

「運動？　さっきも剣術を習いたいとか言っていましたね。リンネ嬢は女性騎士にでもなりたいのですか？」

「そういうわけじゃないけど、体がなまって仕方ないもの。それに、レオ様も運動した方がいいと思います。ツンツンする余裕がなくなって、よく話すの」

私がそう言うと、クロードはまた噴き出した。なんだか笑われてばかりだが、怒られるよりはずっといい。

「それは気づかなかったな。でも……そうですね。さっきもずいぶん打ち解けていましたもんね。それに、レオの体力が落ちていることを考えれば、悪くはない。いいでしょう、陛下の許可を取ります」

「あと、それ。その、丁寧な言葉遣いもやめてほしいです。クロード様の方が年上で身分も高いのに、気が引けますもん」

率直に言うと、クロードは少し首をかしげて「ふむ」と言う。

「ではリンネも敬語はやめてくれるかい？　それなら僕も君に合わせることにしよう」

身分から考えれば、私が敬語を使うのはあたり前だ。言いくるめられているような気がして、クロードに不満を込めたまなざしを送ってみたが、笑顔で跳ね返された。

あまりなれなれしくすると、周りから怒られるのではないかと心配になるのだけど、それをクロードにいちいち説明するのも面倒くさい。

まあ、クロードがいいって言っているなら、いいのか。問題があったとしても、子供のやっていることだしね。

「わかったわ。クロード。……これでいい？」

「いいね。君は期待以上に型破りなお嬢さんだ」

クロードはにっこり笑って私の手を引いた。そしてもう片方の手でレオを手招きする。

「さぁ、ふたりとも。こんなに汗をかいて。着替えた方がいいね。風邪をひいてしまう」

「でも着替えなんてないし」

城に住んでいるレオならばともかく、私には着替えなどあるはずがない。

そう訴えると、「大丈夫だよ」とクロードは笑って続ける。

「明日からは、運動用の服も持ってくるように伯爵に頼んでおこうね。古着でよければ子供用のドレスもあるはずだよ。城の衣裳部屋には膨大な数の服があるから」

「本当？」

ホッとして笑うと、クロードが笑顔を返してくれた。顔をほころばせていた私に、レオが意味ありげな視線を向けてくる。

もしかして、勝手に運動の時間を取ってもらったこと、怒っているのかな。

不安でドキドキしていると、レオが消え入るような小さな声でつぶやいた。

「……呼べ」

「え？」

「俺のこともレオと呼べ」

よくよく見ると、レオの耳が赤く染まっている。

え、なに？　もしかして照れてるの？

そう思った途端、私までつられて赤くなってしまう。

「いいんですか？」

「敬語もいらない。クロードがいいなら俺もいいに決まっているだろ！」

大きな声で怒鳴られたが、言っている内容がかわいかったので、全然怖くはなかった。

「じゃあ、レオ！」

笑顔で言えば、「ああ」とレオがそっぽを向いた。ツンツンボーイのかわいらしい一面に、私の心はすっかりほころんだのだ。

勉強部屋に戻ると、クロードに言いつけられたメイドが、私サイズのドレスを見繕ってきてくれた。私が隣室で着替えている間に、レオは先生からお小言を食らっていたようで、勉強部屋に戻ると今度は私が叱られた。

「聞いていますか？　リンネ様。今後は絶対に勝手に抜け出したりしないように」

「はーい」

「返事は伸ばさない！」

「はい」

バツが悪くて先生から視線をそらしたら、レオと目が合った。ぷいとそっぽを向かれてしまったけれど、もう嫌ではなかった。彼が視線をそらすのは、照れたときだとわかったからだ。

「先生、そろそろいいでしょう？　今日のふたりの成果を聞かせてください」

クロードが保護者よろしくそんなことを言い、その日の授業は終わりとなった。

翌日登校すると、学園内は噂話で盛り上がっていた。

「リンネ様が王太子様と？」

「まあ、どういうこと？　王太子様は誰ともお会いにならないのではなかったの？」

噂は、主に令嬢の間で広まっているようだ。

昨日は、庭園の近くでストレッチ体操をしていたのだ。彼女たちの父親が王城勤めをしているならば、見ていても不思議はない。

「いったいどうしてなんですの？　リンネ様」

直接私に問いかけてきたのはポーリーナ嬢だ。

「ちょっといろいろありまして。その、レオ様の話し相手になるように言われたのです」

「まあっ、そうなんですのね。けれどリンネ様おひとりでは大変でしょう。どうか私も一緒に連れていってくださいな」

そんなことを言われても困る。私は、クロードを通して国王陛下から命令を受けたのだ。勝手に人を増やすわけにはいかない。

「それには国王様の許可を取ってくださいな」

「そこをリンネ様から口添えしてほしいのですわ」

ポーリーナ嬢は胸の前で手を合わせて期待に満ちた目を向けてくるけれど、まだ直接陛下と話したこともないのに、そんなお願いをするのは無理だ。

「無理です。私にそんな権限ないもの」

「まあっ。ひとりだけ王太子様に取り入るおつもり？」

普段は楚々《そそ》としたポーリーナ嬢のゆがんだ顔に、私は嫉妬のにおいを感じて驚いた。

友人だと思っていたけれど、彼女は私を利用して、レオに取り入りたいだけなのかな。そう思うと、急速に熱が冷め、意地悪な気持ちが湧いてくる。

「ひとりだけというつもりはないですけれど。呼ばれたのが私だけなら、そうなのでしょうね」

冷たく言うと、ポーリーナ嬢の顔色がさっと変わった。

「な、なによ。リンネ様がそんなに冷たい方だとは思わなかったわ」

ツンと澄まして彼女は背を向けた。その日、彼女が私に話しかけてくることはなかった。


「なにかあったのか？」

王城の勉強部屋で学園の課題に取り組んでいると、レオが声をかけてくる。テレンス先生は、レオが解き終えた問題の採点をしていて、レオ自身は手が空いたところらしい。

「べつに」

「さっきから、上の空じゃないか。全然手が動いていないぞ」

私はペンを投げ出し、はあとため息をついた。

「ちょっとね。学園で嫌なことがあったの。あーあ。私も引きこもって、ここでずっと勉強しようかなぁ」

「いいんじゃないか？」

冗談のつもりで言ったのに、レオが乗ってきたので逆に慌てる。

「駄目だよ。陛下はレオに学園に戻ってほしいんだよ？　私はレオを学園に戻すためにここにいるのに」

「俺は戻るつもりはない。だったら、お前がずっとここにいた方が会話は増えるんだからいいことずくめじゃないか」

「もう……」

まだまだ、レオの心を解かすのは難しそうだ。ここで無理強いしたって仕方がない。

「困ったら言えよ。お前がそうしたいなら、学園に行かなくてもいいようにしてやるから」

レオはそう言うけれど、そういうのミイラ取りがミイラになるっていうんだよ。

大丈夫。私は日本の義務教育で鍛えられてるんだから。

女子の無視とか軽いいじめみたいなものは、通過儀礼のようなものだ。時がたてば、なにもなかったようになる。それは凛音のときの経験則だ。

「平気。令嬢同士のお茶会がなくなったのは正直楽だし。今はレオとクロードがいるから、完全な孤独ってわけじゃないし」

「そうか」

むしろこの姿を見て、レオに気づいてほしかった。

つらいことがあっても、逃げずに立ち向かっていけば、いつかは現状を打破できる。大会でどんなに結果が出なくてつらくても、凛音は走ることをあきらめたりしなかった。そうして、優勝まで勝ち取ったのだから。

逃げるのも大事だよ。心が折れる前に、自分を保護するのは必要なこと。……だけど、いつまでも逃げ続けていちゃ駄目なんだよ。

戦える力を蓄えたら、やっぱり一歩踏み出さなきゃ始まらない。私はそれを、レオに実感してほしかった。

謎の神獣と赤毛の令嬢

　半年もすると、毎日の筋トレとランニングの効果が出てくる。足にはいい筋肉がつき、長く走ってもバテなくなってきた。

　一〇〇メートルのタイムを計ってみたいな。ここにストップウォッチがないのが残念すぎる。ランニングに付き合わせてきたからか、レオはこの半年で見る見るうちに成長した。私より細かった腕や足にはがっちりと筋肉がつき、背も今ではレオの方が高い。

　半年でこれだとすると先が恐ろしい。ずるいな、これだから男は嫌よ。

　本気になった男子の底力を見せつけられているようで、悔しい。体力的な面では、やはり男性の方が長《た》けているのだ。

「はい、じゃあ行くよー。用意スタート！」

　いつも通り、私の号令でランニングが始まる。王城の敷地は広く、外壁の内側に、王城、騎士団棟、賓客などが泊まる宿泊棟など、様々な建物があり、宿泊棟と王城の間に庭園がある。私たちのランニングは外壁に沿って、すべての建物を左手に見ながら走るコースだ。

　やがて、宿泊棟を過ぎ、庭園が見えてきたあたりで、なにかが目の前を横切り、私より少し先を走っていたレオが、足を引っかけて転んでしまった。

「大丈夫？　レオ」

慌てて駆け寄った私は、転んだレオの足もとに、真っ白の毛玉を見つけた。

「ティン……」

情けない声を出し、震えている。よくよく見ると、毛玉ではなく、両手のひらにのるくらいの丸まっている動物だ。尻尾を両手足で握りしめている。その尻尾からは、血が出ていた。

「もしかして、コックス？」

ここ半年ほど、声は聞けども姿は見えなかったコックスだ。

私は獣を持ち上げた。抵抗する気がないらしく、キツネのようなその生き物は、手足をだらんと伸ばしている。下にたれた尻尾がかわいらしい。

「ティン、ティン」

どうやら、レオに踏まれて、尻尾をすりむいてしまったようだ。悲しそうな声で、私に向かって必死に痛みを訴えてくる。

「危ないじゃないか、いきなり飛び出してきて」

レオが起き上がり、コックスへと不満をぶつけた。動きの俊敏さを見れば、彼自身は大きな怪我はしていないようだ。

「フー！」

コックスは毛を逆立てて威嚇《いかく》してくる。まるで話が通じているみたいな反応だ。

「なんだよ、やる気か？」

「ティン、ティン！」

コックスがレオに飛びかかろうとするので、抱きしめて押さえた。

そのとき、体の中で、なにかが弾けた。水風船がパンと割れて、体中に水がいきわたるようなそんな感覚だ。

「きゃっ」

思わず手を離してしまい、コックスが放り出される。さすがは獣というべきか、見事な身のこなしで、コックスは地面に着地した。

「どうかしたのか」

「ちょっとね。……でも大丈夫」

一瞬だけだったので、今はなんともない。いったいなんだったんだろうと思っていると、コックスが私の足もとにやって来て、靴の上に前足を上げた。つぶらな瞳が見上げてくる。

「ティン？」

「ごめんね、落としちゃって。怪我していたんでしょう？」

レオはここで初めてコックスの怪我に気づいたらしく、バツの悪そうな顔をした。

「俺のせいかな」

「そうかもね。とにかくお医者さんに診せて……」

そこで言葉を途切れさせてしまったのは、自分たちの上をなにかが通り過ぎたからだ。

「ティン！」

コックスがぱあっと顔を晴れ渡らせ、ぴょんと飛びついていった。

そこには、大きなコックスがいた。最初のコックスよりも二回りくらい大きく、尻尾が二本ある。小さい方のコックスが体をすり寄せて喜んでいるので、おそらく、このコックスの親なのだろう。

「うわっ」

驚いたレオが後ずさる。

「ティン！　ティン！」

子供のコックスが必死に訴えると、親コックスはもともと細い目をさらに細め、レオに向けて二本の尻尾を振り回した。

「うわっ」

レオは最初の一撃はすばやくよけたが、少し遅れてきた二本目の尻尾にたたき飛ばされて、地面に転がる。

「レオ！」

「こいつっ」

レオは果敢に立ち上がり、親コックス目がけ、拳を振るった。

だが、親コックスはレオの手をあっさりとよけ、彼の足に噛みついた。

「痛っ」

「レオ！」

親コックスは、噛みついたまま、しばらく離れなかった。レオがわめきながら足を振り回し、ようやく放してもらえたときには、右足首に歯型の痕がついて、血が出ていた。私はレオをかばうように親コックスとの間に入る。

「やめて。わざと怪我をさせたんじゃないの。それに、この子の怪我はそんなに深いものじゃないわ」

私が視線を向けると、子コックスは、なぜか素直に腕の中に飛び込んできた。

一度ギュッと抱きしめてから、尻尾を観察する。ふわふわの毛並みに、一ヵ所だけ毛がむしれて血が出ているところがある。私はそこに手をあてた。

「よしよし。痛くないよ。すぐに治るからね」

慰めを口にして、自分が怪我をしたときの治療法を思い出しながらそこをなでる。

汚れを取り除いて、消毒しておけば、傷はいつかちゃんとふさがるはずだ。

日本での『手当て』のイメージを頭に描いてそう願ったとき、不思議なことが起こった。

体の中から、なにかが手に集まってくるような感覚があったのだ。それは、手のひらで熱となって、今度はコックスの患部に吸い込まれる。一瞬光を放ち、消えたときには、怪我が跡形

もなく消えていた。

「え？　なにこれ」

私は自分の手を見る。だが、見た目はなんの変哲もない子供の手だ。一瞬集まった熱も、完全に消えている。

「ティン！」

子コックスは喜んで、私の胸にスリスリと体を寄せてくる。尻尾がご機嫌に揺れているので、痛みは取れたのかもしれない。

「治ったんだね。よかった。……だけど、私が治したの？」

「ティン！」

コックスがうれしそうにうなずく。親コックスは、食い入るように私と子コックスを交互に見ていた。

「ティン」

子コックスがひと鳴きすると、親コックスは目を細め、敵意を潜めて、私の頬をぺろりと舐めた。

「許してくれるの？」

ホッとしたけれど、まだ怪我人は残っている。

「レオ、大丈夫？」

「大丈夫だ。いや、痛くないとは言わないが」

レオは痛みに顔をしかめながらも、私には平気な顔をしてみせる。いや、そのやせ我慢はいらないよ。

王城には医者も常駐しているので、呼べばすぐに治療してもらえる。けれど、このコックスが捕まってもかわいそうだ。もし、さっき子コックスにできたことが再現できれば、レオの怪我も治せるかもしれない。

私はそう考え、レオの足首に手をあてた。

消毒して、皮膚をふさいで……。

同じように願うと、先ほどより多くなにかが手のひらに集まってくる感覚があった。ぴかっと一瞬光ったかと思うと、レオの足についていた歯型ごと、傷口が綺麗に消えている。

「……治った」

できたのはいいけれど、どうして私にこんなことができるのかがわからない。まるで魔法でも使ったみたいだ。

ハルティーリアは異世界だけど、魔法のような不思議な力はなかったはずだ。少なくともリンネの知識にはない。

「リンネ……、今、なにをしたんだ？」

レオの声に顔を上げ、彼の表情を見て、血の気が引く。

彼は、まるで得体の知れないものを見るような瞳で、私を見ていた。

「レオ、これは」

弁明しようとして、弁明する言葉も思いつかない。私自身、なにが起こったのかわからないのだから。

「お前、いったい――」

「ティン！」

レオの言葉に重ねるように、割って入ってきたのは子コックスだ。私をかばうように前に立ち、レオの頬を、フサフサの尻尾でぺちんとたたく。

「このっ！」

レオが怒りをあらわにしたので、私は子コックスをギュッと抱きしめた。

「やめてレオ。小さい子なんだよ！」

そのとき、私とレオの間に、親コックスが飛び込んできた。どうやら、私と子コックスを守ろうとしてくれたらしい。

「コックス？」

『ええ。そうです。人の子よ』

頭の中に、声が響いてくる。私は驚いてあたりを見回した。

『私ですよ。コックスです』

どうやら、話しているのは親コックスだ。人語が話せるなんて、いよいよ珍獣めいてきた。

「え？　言葉を話せるの？」

私が問いかけると、親コックスは首を振る。

『あなたにしか聞こえていませんよ。少し変わった魂を持っているようですね』

「私だけ……？」

呆気に取られて私たちを見ているレオには、たしかに言葉が聞こえている様子はない。

『私たちは神獣・コックス。この子は私の息子で、名をソロといいます。コックスは巫女《みこ》の使い。私はこの子が仕える新たな巫女様を探しているのです』

「巫女？」

『ええ。あなたは巫女の血筋ではないようですが、同等の力があるようですね。それに、この子はあなたの〝癒しの力〟が気に入ったようです。ですから私は、あなたにこの子を託しましょう』

そう言うと、親コックスはすうっと空気に溶けてしまった。

まさかそんな消え方をされるとは思わず、私は叫んだ。

「ちょっと待って。どういうこと？　この子、あなたみたいにしゃべれないの？　もうちょっと説明してくれないとわけがわからないんだけど！」

必死に訴えると、消えたはずの親コックスが、なにもない空間から再び現れる。

「きゃあっ」

『ソロはまだ子供なのです。成長するにつれ、人の言葉を覚えるでしょう。この子をどうかよろしくお願いします』

驚いて悲鳴をあげた私にそう言うと、再び、親コックスは陽炎《かげろう》のように消えてしまう。子コックス――ソロは、「ティイン」と大きく鳴くと、私の首のあたりに顔を寄せてきた。私はソロを抱きしめつつ、親コックスの消えた空間にもう一度叫んだ。

「待って。これって育児放棄じゃない？　ねぇっ」

しかし今度こそ、消えたコックスは戻ってこなかった。

いやいや待って。自分の姿が変わったとき以上の衝撃ですけど。

全然状況が把握できない。助けを求めてレオを見たけど、彼は私よりももっと困った顔をしていた。

「お前は、さっきからなぜひとりで叫んでいるんだ。それに、コックスはどうして消えた？お前に話しかけているようだったが、理解できたのか？」

レオは頭をかかえ、苦悩の声を絞り出した。

「うん。信じてもらえないかもしれないけど、さっき、コックスと話ができたの」

「話？」

「頭に、理解できる言葉で響いてきたの。でも、一方的に話されただけで、私にもなにがなんだかわからない。わかったのは、この子をよろしくってことくらい」

ソロを両手で持ち上げて、レオの前に突き出すようにして見せる。

「フー！」

ソロは、踏まれた恨みを忘れていないのか、レオに敵意を向けている。ソロが飛びかかっていったら困るので、私は両手で抱きしめるようにしてしっかり押さえた。

「なんだ、それ……。お前、そのコックスを飼う気か？」

「だって託されたし」

ここで放置したら、私の方が育児放棄だ。

「本人も私のことは気に入ってくれたみたいだし？　ね、ソロ、よろしくね」

「ティン！」

改めてソロにそう言うと、耳と尻尾をピンと立てて喜んだ。親コックスが、大きくなれば人間の言葉が話せるはずだと言っていたし、この反応のよさから考えても、ソロは話せなくとも人間の言葉を理解しているのだろう。

「かわいい！　めちゃくちゃかわいい！」

くしゃくしゃと体をなでてやると、ソロも目を細めて気持ちよさそうにしている。白いもふもふ、かわいいな。とっても癒される。

だが、喜び合う私とソロを横目に、レオは神妙な顔をしていた。

「なぁ。リンネ、さっき俺の怪我を治したよな」

懐疑的なまなざしに、心は委縮しそうになるけれど、よく考えれば悪いことをしたわけじゃない。ここは開き直ることにしよう。

「うん。私もびっくりした。なんかね？　想像したらできちゃったんだよ」

「想像しただけで傷を治せる人間なんて聞いたことないぞ！」

「私だって、こんなことできたの初めてだもん」

凛音の頃はよく怪我をしていたから、応急処置の仕方は知っている。気のコントロールみたいなことも、学んだことはある。だけど、本当に怪我を消してしまうのは初めてだ。

まあでも異世界だしね。こんなこともあるよと思って納得するしかない。

「親コックスは、癒しの力って言ってた。たしかに体の中でなにかが手のひらに集まった感覚はあったから、私には不思議な能力があるのかも。怪我を治すんだし、『手当て』とでも名付けようかな」

私の説明に、レオは唇を真一文字にし、少し考え込んでから言った。

「お前はなにが起きても平気な顔で受け入れるな。ある意味尊敬するよ」

だって、リンネの体になってからこっち、自分では予想もつかないことの連続だもん。いい加減、黙って受け入れることにも慣れてきた。

「とにかく、クロードに話してみるか」

「え、でも大丈夫かな？　私、研究材料にされたりしない？」

「癒しの力だから、悪いようにはされないと思うが。……言いたくないのか？」

自分でもこの力についてわかっているわけじゃない。どんなことができるのか調べるつもりなら、私やレオよりも物知りのクロードの方が適任だろうとも思う。

ただ、自分がどんどんこの世界の普通の人とはかけ離れていくのが、少し怖かった。

「クロードはリンネを傷つけたりはしないと思う。俺も……なにかあれば守るから」

ぼそりと言うから、独り言なのかなとも思ったけれど、うれしかったので返事をする。

「わかった。話してみる。……ついでに、ソロのことも守ってくれるとうれしいな」

私はソロをきゅっと抱きしめながら、お願いしてみる。レオは微妙に渋い顔をしたけれど、

「わかった」と請け負ってくれた。


勉強部屋に戻るために城の正面に向かう。途中、馬車の乗降場から赤毛の男性が歩いてくるのが見えた。彼のうしろにはたくさんの絹織物を持った使用人と、赤毛の少女がいた。

赤髪は珍しくて目立つため、私もつい、目を奪われてしまった。

「やあ、レットラップ子爵《ししゃく》。珍しいですな」

迎えに出てきた金髪の男性が、彼と挨拶を交わし、織物をひとつ、手に取って眺める。

「これはなかなかの品ですな」

「ええ。新航路を発見しましてね。陛下に献上させていただきたいと思いまして。それに、娘のことも紹介させていただければと」

「こちらがご令嬢ですか？」

「ローレンと申します。八つになります」

令嬢はドレスをつまんで、丁寧に挨拶をする。大人の中に交じってもまったく物おじしない姿に、私は単純に感心しつつ、既視感を覚えていた。

赤毛の令嬢、キツネに似たコックス。どこかで見たような気もする。……どこだろう。あんまり重要じゃないとこだったような。

『凛音と同じ名前の悪役令嬢も出てくるんだよ』

頭にひらめいたのは、琉菜の言葉だった。

そういえば琉菜が言ってた本に似てるのかな？

すでにタイトルは忘れてしまったけれど、赤毛の令嬢も白いもふもふも表紙に描いてあったような気がする。

でもあれは物語だもん。いくらここが異世界だからって、それはないよね。

「どうした、リンネ」

振り向いたレオに呼びかけられ、はっとしたと同時におなかが鳴る。慌てて取り繕ってみたけれど、音はしっかり聞こえたのか、レオが今にも笑いだしそうな顔をした。もうあきらめて本音を言う。

「私、おなかがすいたよ」

「はぁ。お前は本当に令嬢としてはどうかと思う」

あきれながらも、レオは「クロード！」と上を向いて呼びかける。

すると、二階の私たちの勉強部屋の窓から、クロードが顔を出した。

「どうしたんだい？」

「もう戻るから、軽食の用意を頼めるか」

「わかったよ。リンネの好きなクッキーを頼んでおこう」

クロードは、私をとろけさせるのではと思うほど甘やかな微笑みで請け負った。

「やった。おいしいものが食べられるよ、ソロ」

弾んだ気分で腕の中にいるソロに言うと、彼は耳をピンと立て、興奮しだした。

「ティン！　ティン！」

「落ちちゃうよ、ソロ」

暴れるソロを押さえようとしたけれど、ソロは止まらなかった。

「ティーン！」

雄たけびのような声をあげ、先ほどクロードが顔を出した二階の窓まで、一気にジャンプしたのだ。尋常じゃない跳躍力に、私もレオも言葉が出ない。

「うわっ、ちょ、なんだ、これ」

いきなり珍獣に飛び込んでこられて、落ち着きを失っているクロードの声が聞こえてくる。

「クロード。その子、逃がさないでね！」

私は下からそう声をかけて、城の中へと急いで駆け込んだ。

「おい、待てって」

ダッシュが遅れたレオが、うしろから追いかけてくる。そうして、先ほど見とれていた赤毛の親子の脇を通り過ぎようとしたときだ。

「あのっ」

赤毛の令嬢に声をかけられて振り向くと、突然、レオが彼女を突き飛ばしているシーンを目撃してしまう。

「触るな！」

レオが大きな声を張りあげて、そのまま私を追い抜かし、中へ入っていってしまう。

令嬢は、尻もちをついたまま、呆気にとられていた。

いくらレオが王太子だといっても、こんなか弱そうな女の子を突き飛ばして、謝りもしないのは駄目だろう。

彼には後で注意することにして、私は彼女に手を差し伸べた。

「あの、大丈夫ですか？」

「ありがとうございます。……あっ」

「え？」

彼女は私を見ると、驚いたように目を見開き、伸ばしかけた手をさっと引っ込めた。

なんで？　拒絶された？

「お嬢さん、ありがとうございました」

彼女の父親が来て、私に笑顔を向け、倒れ込んでいた娘を抱き上げた。

「いいえ。レオ様が失礼をしてごめんなさい」

私がレオの代わりに謝ると、彼は「さっきの少年がレオ王太子殿下だったのか」とつぶやいた。私はぺこりと頭を下げてから、また令嬢の方に目をやる。彼女が怯えたように私から目をそらしたので、私は傷つけられたような気分で、彼らの前から立ち去った。

私、なにかしたのかなぁ。それとも顔が怖いのかな。なんかショック。

それ以上考えても落ち込むだけだと思えたので、この出来事については忘れることにした。

見張りの衛兵に眉をひそめられながら、城内を走って、二階の勉強部屋へと戻る。

「ソロ！」

「ティン！」

私の姿を見つけるとすぐに、ソロは私に飛びついてきた。かなり暴れた後なのか、室内は結構な惨状だ。

メイドが持ってきたと思われるクッキーは散乱しているし、レオは青い顔をしてソファに横になっている。クロードはその両方を見て頭をかかえていた。

「リンネ。なんなんだい、その珍獣」

クロードはあきれたようにソロを見た。

「コックス。捕まえたというか。とりあえず飼おうと思っているの」

「これが例のコックスか！　でも飼うのはエバンズ伯爵が許可するかな」

許可されなくても、親コックスから頼まれたのだ。見放すことなどできない。

「それよりクロード。レオはどうしたの？」

とても顔色が悪い。ついさっきまで元気に走っていたのに、どうしたことだろう。

「それは僕の方が聞きたいんだけどね。リンネ。君はレオと一緒にいたんだろう？　なにがあった？」

クロードは神妙な顔をしているけれど、手では一生懸命、『その獣を動かさないように』と指示しているのがおもしろい。クロードは動物が苦手なのかもしれない。

「なにから話せばいいのかな。最初は、この子にレオが怪我させちゃって。そうしたらこの子の母親が怒って、レオに噛みついたのね。だけど、どっちの怪我も私に宿った不思議な力で治せたの。で、私がこの子を飼う流れになったんだけど、クッキーの話を聞いたら、ジャンプして窓から飛び込んでいっちゃって。追いかけようとしたら、赤毛の女の子に出会って、レオが彼女を突き飛ばして逃げたの」

「うん。ごめん、全然わからないや」

私が話している間に、クロードは落ち着きを取り戻したのか、にっこり笑って、一つひとつを問いかけなおす。順序立てて質問されて、私はようやくちゃんと説明することができた。

「いろいろと聞き捨てならないことが多いけれど、レオの体調不良の原因は、その赤毛の令嬢だね。……治ったわけじゃなかったんだなぁ」

クロードの言葉に、青い顔をしたレオが、ぎろりと睨んで絞り出すように続けた。

「前から言ってる。リンネが平気なだけだ」

「レオはいったいどうしちゃったの？」

私は、彼が横たわっているソファの近くに座り込んで、彼の額に手をあてた。熱はないようだ。『手当て』して治したとはいえ、獣に噛みつかれて怪我をしたのだから、後遺症のようなものがあったらと思うと心配だ。

「そんなところに座るな。いいから、お前は菓子でも食べてろ」

レオはそう言うけれど、具合の悪そうな人を見ながらお菓子を食べてもおいしくない。

『手当て』でこれも治せないのかな。

「どこが変なの」

「吐き気がするだけだ」

私は、レオの胸のあたりを服の上から触ってみた。

――治れ、治れ。

一生懸命念じてみたけれど、怪我と違って吐き気の治し方などわからない。

私の弱気がそのまま影響されるのか、手のひらに集まる熱もほんの少しで、さっきみたいに光ったりしなかった。

「治らない？」

「……さっきよりは楽になってきた。ほら、起き上がれるから、お前もここに座って菓子を食べろ。腹が減っているんだろう」

本当はなにも変わっていないのだろうけど、レオは私を気遣って起き上がると、自分の隣をポンポンとたたく。

私は言われた通り、彼の隣にちょこんと腰掛けた。腕に抱かれたままのソロが「フー」と威嚇の声をあげる。面倒くさいから仲よくしてほしい。

「さっきみたいに、突然、気持ちが悪くなることって、よくあるの？」

問いかけると、レオはクロードと顔を見合わせて目配せした。

これは聞いてはいけないやつだったのかもしれない。私は慌てて両手を横に振った。

「えっと、言いにくいならべつにいい。聞かない」

「いや、そうだな。お前には話してもいいかもしれない」

答えたのはレオだが、そこからが続かない。困って待っていると、代わりにクロードが説明し始めた。

「レオが引きこもりの人嫌いだって、前に言ったの覚えている？」

私がうなずくと、「あれ、実はちょっと違うんだよ」と苦笑する。

「本当は、女性恐怖症……大人子供にかかわらず、女性が駄目なんだ。体に触られたり、近くにいられたりすると、気分が悪くなるんだ。ね、レオ」

へーそれは大変な……って、いやいや。待って？　私、結構触っているよね。最初に会ったとき、服脱がせちゃったし。さっきもおでこを触ったけど、平気そうだったじゃん。

私は思わずレオを睨んだ。

「じゃあ私はなに？　私も女だけど！」

「リンネはなんというかこう……規格外だから」

「規格外ってなに？」

いきなり立って聞くと、レオは困ったような顔をした。

「俺の知っている女は、突然走りださないし、大口開けて菓子は食べないし、顔に皺が寄るほど大笑いしない」

「うわー。女じゃない発言入りました！」

しんみりした気分が一気に吹き飛ばされた。友達だから、性別なんて関係ないとは思うけれど、まさか女枠にさえ入っていなかったとは思わなかったよ。

一気に険悪な空気になった私たちを和ませるように、クロードが口を挟んだ。

「まあまあ、リンネ、落ち着いて。君はすごいんだよ。普通の女性なら、レオの方が拒否反応を示して話すこともできないのに、初対面のときから彼に触われたんだから。あのとき、レオは体調を崩さなかった。だから僕は驚いたんだ」

「触ったというか、服を脱がせただけよ」

反射で言い返したら、クロードが笑いだした。

「いや、それ触るより高度だからね」

「だって……」

思い返せば、とんでもないことをしたものだ。私は恥ずかしさに真っ赤になる。

「君の存在が、僕や陛下や王妃様にとってはひと筋の希望だったんだ。なにせ、あの頃レオは、王妃様にさえ触れなかったんだから」

「え？　王妃様も？」

だって母親だよ？　そんなことある？

私が驚いていると、クロードは少し声のトーンを落とした。

「話してもいいよね？　レオ。君がそんなふうになった経緯」

「ああ」

レオが面倒くさそうに目を伏せた。

「話しにくいのならべつにいいよ」

私がそう言うと、クロードが驚いたように目を見開く。

「気にならない？」

「気にはなるけど、よっぽどのことがなければ、そんな状態にならないでしょう。赤の他人が聞いてはいけない気がするの」

私の返答に、クロードは赤茶の瞳を揺らしながら、楽しそうに笑った。

今の話の流れ、楽しいかな。ここ、笑うところじゃない気がするんだけど。

クロードはいつもにこにこ笑っていて、とっつきやすいけれど、反面、なにを考えているのかわからない。

「でも僕は君に知っていてほしいな。レオもそうじゃない？」

私はレオを見つめた。感情の読めない無表情だから、本当は嫌なんじゃないかと不安になる。

レオはしばらくじっと私を見つめていたけれど、やがて目をそらしてうなずいた。耳が少し赤いから、照れているだけのようだ。

「俺も、お前には知っていてほしい」

「でも」

「知っていてもらった方が、いろいろと楽だ」

そう言われると、逆に聞かないと申し訳ないような気がしてくる。

私はソロを抱きなおした。「ティン？」と甘えたような声を出すので、菓子皿に残っていたクッキーを一枚取り、食べさせる。ソロは気に入ったようで、私の腕から飛び出し、皿のクッキーにがつがつ食いついた。

クロードは、野放しになったソロに、不安げな視線を送るけど、しばらくはおとなしくしてくれると思う。

「わかった。じゃあ聞く」

「うん。どこから話そうかな。……まずね、昔のレオはとても人懐っこい子だったんだよ。僕が君くらいのときは、そこのコックスみたいに僕にくっついていた。朗らかでよく笑う子で、使用人たちにも好かれていた。そんなレオが変わったのは、一年前の政変のときだ」

王家の代替わりは、リンネの記憶にもあった。ただ、それが政変と呼ばれる種類のものだとは思わなかった。

「政変ってなに？　王家の代替わりがどうして政変になるの？」

クロードは、腕を組んで考えるような仕草をした。

「血なまぐさい話は、令嬢には知らされないものか」

そう前置きして、クロードが話しだした――。

一年前、レオの祖父にあたる当時の国王陛下が突然の病に倒れた。残念ながら回復は見込めず、王は次期王の選定を迫られた。彼には息子がふたり。長子であり、武勇に優れたダンカンと、次男であり、聡明なジュード。当然長子であるダンカンが王位を継ぐと誰もが思っていた。

だが病床で、国王陛下はレオの父親であるジュードを次期国王に指名した。

自分のもとに転がり込んでくると思っていた王座を弟に奪われ、ダンカンは弟に並々ならぬ憎しみを宿してしまった。

国王陛下が身まかられ、ジュードが跡を継いでしばらくたった頃、ダンカンはとある事件を起こした。レオを人質に取り、ジュードを呼び寄せて殺害しようとしたのだ。

——そこまで説明したところで、クロードは小さくため息をついた。レオの様子をうかがうように一度視線を送り、再び話しだす。

「子供だったレオには、それまで普通に会えていたおじが警戒対象になったことがわからなかったんだ。陛下が他国を訪問している間に、彼の内緒の呼び出しに素直に応じてしまった」

「ちょ、ちょっと待って。なんか急に怖い話になってない？」

彼が話した内容はとても重い。おじに誘拐されるなんて恐ろしすぎるよ。

私は無意識にずりずりとお尻で後ずさる。と、隣に座っていたレオに背中からぶつかってしまった。レオは左手を私の背中に回し、自身の右ひじを右膝にのせ、頬杖をつくような体勢になって、下から私の顔を覗き込んできた。

「お前、意外と気弱なんだな」

「だって」

励ますように背中をなでられて、私は少しだけ落ち着いてきた。それにしても、自分から触ってくるくらいだから、本当に私だと平気なんだ。どうしてだろう。

疑問に思いつつも、感謝を込めて笑顔を見せると、レオもふっと口もとを緩めた。

「続きは俺が話す。おじ上に騙されたと気づいたのは、彼の屋敷に閉じ込められてからだ。それまで優しかったおば上が、血走った目で俺を睨み、地下室に入れた。いつも通される応接室とは違い、薄汚れた部屋で椅子もなかった。そこでようやく、これはただ事じゃないと気づいたんだ」

レオの瞳が憎々しげにゆがむ。彼の不機嫌な様子は何度も見ているけれど、これはそのどれとも違って、つらく苦しそうだ。

「そこで俺は、おば上にこれを刻まれた」

彼はそう言うと、私から手を離し立ち上がった。袖をまくり上げ、見せられた左の二の腕には、記号とも文字とも取れるものが、十センチくらいに渡って羅列されている。

「え、これ落書きじゃなかったの？」

「俺がそんなことするわけないだろう。これはおば上に、針で刺して書かれた入れ墨だ。さらわれてから一週間、飲み物も食べ物も最小限しか与えられず、毎日、おば上にインクのついた針で刺された。俺は、あの血走った目が忘れられない。頭からずっと離れないんだ。今思い出しても、情けないが体が震えてしまう」

なにそれ、怖すぎる！　痛そう！

最初に見たときは、子供の落書きだと思い込んでいたから、なんとも思っていなかったけれど、裏事情を聞いてしまったら、禍々《まがまが》しい空気を放っているように感じてしまう。

軽く身震いをした私に、クロードが補足してくれた。

「我が国では、剣技の師範たちがそれぞれ流派を示す入れ墨を彫っている。彼らに消す方法を尋ねてみたが、同様の方法では消せなかった。だからただの入れ墨ではないのだと思う」

同じくらいの大きさで等間隔に並んでいるから文字だと判断していたけれど、ハルティーリアの一般的な文字ではない。絵を記号化したようなものもあれば、ただの引っかき傷のように見えるものもある。

「なんか、古代文明の文字に似てるね」

一番近いのが、教科書で見た象形文字だ。私はそう口走ってから、それが凛音の知識だったことを思い出す。

「ごめん、なんでもない」

「いや、リンネは正しいよ。これは古代語だと思う。ジェナ様はリトルウィックから輿入れしてきた姫だから、魔術の呪文だという可能性が高いんだ」

「魔術？」

私の疑問に、クロードはうなずく。

「リンネは魔術という言葉自体、聞いたことがないだろう。我が国には魔術という概念はないからね。魔力を持つ人間は、呪文を使って、傷を癒したり、逆に傷つけたりできる。それが魔術で、隣国リトルウィックでは学問として魔術が発達しているんだ」

クロードの話は初耳だ。

待って。だったら、さっきの私の力は、魔術？

考え込んでいる私を横目に、クロードは話を続けた。

「わが国ハルティーリアは、リトルウィックと昔から仲が悪い。だが、交易販路を広げるため、国交を回復しようとした時期がある。当初は友好条約を結ぶつもりだったけれど、リトルウィックからの希望で、体の弱い奥方を三年前に亡くしていて独身だったダンカン様と、ジェナ様との縁談がまとまった。そこから政変が起こるまでの五年間は友好的な交流があった」

クロードが一度息を継ぎ、足を組み替える。

「けれど、ダンカン様がジェナ様の言いなりになっていることを、前陛下は危惧していたようでね。ダンカン様がリトルウィックに都合よく利用されていては、交流している意味もない。王位をジュード様に譲られたのは、そのせいだと僕は父から聞いた」

魔術の国リトルウィックは、東から南にかけて海に面し、北方を険しい山で囲まれたハルティーリアの西側にある。現在の地図では、ほかの大陸諸国と交流する場合、陸路ではどうしてもリトルウィックを通らなければならないため、国交回復が求められたのだという。

「だが、あの政変で再び国交は断絶された。魔術書を入手するのも今では難しいなぁ……」

クロードが口もとを押さえながらつぶやいた。

「じゃあ、文字の解読はできないの？」

「今のところはそうだね。なんとか古代語の本を入手できないかと手を尽くしてはいるけど」

現時点では、レオの腕にある呪文にどんな効果があるのかはわからないらしい。私はさらに踏み込んで聞いてみた。

「この入れ墨を彫られる前と後で、違うことはあるの？」

この質問にはレオが答えた。

「それこそ女性恐怖症くらいだな。触られると吐き気がする」

「じゃあ、そういう呪文って可能性は？」

王太子が女性に触れられなければ、跡継ぎがつくれない。今は子供だから、大問題とまではいかないが、将来的には困るだろう。

「もちろんゼロじゃない。だが、リンネという例外があるしね。最近は王妃様と握手することもできるようになっている」

クロードが続けた。

「改善されているってことは不完全な魔術だったってこと？」

「呪文の効果が女性に触れなくなることなら、そういうことになるね」

現状では、これ以上のことはわかりそうにないので、私はとりあえず納得することにした。

「でも、無事に救い出されてよかったね」

私が言うと、レオは困ったように笑い、クロードは思いきり眉間に皺を刻んだ。

「あれを無事と呼べるかは怪しいね。救出には一週間もかかったんだ。居場所が特定できているのにもかかわらずだよ」

憎々しげにクロードが言う。いつも笑顔のクロードには珍しい表情だ。

「どうして？」

「ダンカン様は、現国王のジュード様が直接レオを引き取りにくることを望んだんだけど、あろうことか一部の忠臣たちによって阻まれたんだ。国王自らがレオを救出に行って、命を奪われてはならないと」

私は息をのむ。人の命を前にして、そんな駆け引きがおこなわれるなんて信じられない。

「代替わりしたばかりの王には、レオしか子供がいなかった。レオの代わりは、これから国王に励んでもらえば生まれるかもしれないが、国王がいなくなれば、王家の血筋が途絶えてしまう……とね」

王と王太子を天秤にかけ、忠臣たちは王を選んだのだ。

「ひどい」

忠臣の、国を思う気持ちに間違いはないだろうけど、だからといってレオを犠牲にしてもいいとは思えない。

「そうだよね。僕もそう思う。だが、陛下はレオを見捨てたりはしなかった。反対する忠臣を牢に入れ、精鋭を伴って、レオを救うためにダンカン様の屋敷に乗り込んだんだ」

クロードが息をついたタイミングで、レオが会話を引き取った。

「敵の本拠地に乗り込んで、無傷でことが終わるわけがない。血が飛び散るような惨劇がおこなわれ、おじ上は父上の剣で倒れた。敗北を受け入れたおば上は、俺の目の前で自決したんだ。父上が救い出してくれるまで、俺は彼女の血を浴び続けた」

レオが静かに告げるが、そんなに冷静でいられることが私にはわからなかった。

怖すぎるでしょ？　その状況。八歳なんてまだまだ子供だ。そんな体験をしたら、平気でなんていられない。

「救い出されたとはいえ、レオは以前のようには戻れなかった。信じていた人間に裏切られたのだから、他人を信じられなくなっても仕方がない。救出された後、引きこもってしまったのは、僕は当然だと思っているよ」

クロードがレオにいたわるような視線を向ける。

「当時は男の医者も駄目だったんだ。もう誰にも触られたくなかった。……とくに女性はおば上を思い出して気持ちが悪くなる」

レオは私ともクロードとも目を合わせず、壁のあたりをじっと見つめていた。さらわれて怖い目にあって帰ってきたのに、母親にすがりつくこともできなかったなんてあんまりだ。

「いろいろ試した結果、男で子供だった僕がレオに近づける唯一の人間だった。それで僕は陛下に頼み込まれて、レオの世話を一手に引き受けた」

「それで……」

クロードがレオの世話係になっている理由はそこにあったのか。

本人も公爵子息という身分があるにもかかわらず、使用人のように細々したところまで面倒を見ているのがずっと不思議だったけれど、謎が解けた。

そんな事情があったのなら、引きこもりになるのも仕方ない。

気遣うようにレオを見ると、レオは心外だというように唇を尖《と》らせた。

「同情はいらない。これでも、少しずつ改善はしているんだ。事件から一年がたつ頃には男相手なら接触に問題はなくなった。それで父上は、俺が学園に戻れるようにと考え始めたんだ。リンネたちが城に呼ばれたのはそれでだな。まったく、頼んでもいないのに余計なことを」

「だから、逃げたんだね？」

「ああ。でもリンネと会えたから、結果としては悪くはない」

かわいいことを言われ、私はちょっと笑ってしまった。

「だが、リンネ以外の女はまだ駄目だ。さっきの赤毛の令嬢が腕に触れた途端に、鳥肌が立って、吐き気がしたんだ」

「なんで私は大丈夫なんだろうね」

「それは俺も知りたい。出会いが強烈すぎたせいか、お前に関してだけは平気なんだ」

結局、レオにもクロードにも、腕に刻まれた呪文についてはよくわからないようだ。

私にもさっぱりわからない。でも、刻まれて以降、女性にだけ拒絶反応が出てしまうというなら、女性恐怖症になる呪文なんじゃないのかなぁと思うけど。

レオはむき出しになった腕の呪文をそっとなでる。

「それに、この腕、まだたまに痛むんだよな」

「え？」

凛音の世界の入れ墨は消えることはないらしいけど、刺してしまえば、痛まないはずだ。

「いつか消えるかと思っていたが、消えることもない。時折、脈打つように痛む。まるで、忘れるなとおば上に言われているようで、気が滅入る」

「嘘……」

だとすれば、レオは常に、緊張状態を強いられているということだ。まだ九歳という年齢で、気を休める時間がないのはつらすぎる。

なんとか助けてあげたい。とはいえ、なにをどうすればいいかはわからないけれど。

「ティン！」

口もとにクッキーの粉をたくさんつけたソロが、私の膝に戻ってきた。

「ソロ」

なにかを訴えているような様子に、先ほど自分に宿った不思議な力を思い出す。

「ティン！　ティン！」

「ね、さっきの力で治せないかな」

私が言うと、レオもはっとしたように顔を上げた。

「さっきの話で出てきた『手当て』とかいうものかい？」

クロードが問いかけたので、うなずく。

「うん。手から熱が出て傷を癒せるの。母コックスが〝癒しの力〟って言っていたから、悪い力じゃないと思うよ。聞こえたのが私だけだから、空耳かもしれないんだけど」

そこは正直に伝えておく。

「でも、傷が消えたのは本当だ。それは俺も見ていたし、ソロも見ていた」

「ティン！」

ソロも合いの手を入れてくる。クロードはじっとソロを見て、「まるで言葉がわかるような反応をするコックスだね」といぶかしげにつぶやいた。

「まあいいや、じゃあ、やって見せてくれる？」

「うん。レオ、腕を見せて」

改めて、レオの左腕と向き合う。黒い文字の上に手をかざし、私はこれが消えるようにと願った。

……でも、具体的な方法がわからないな。

入れ墨の消し方など、私は知らない。さっき、怪我を治したときは、具体的に想像できたし、それで治った。でも、吐き気のときはちゃんとは治せなかった。同じ原理なら、これも消せないかもしれない。

手のひらに、熱が集まる感覚はあったけれど、やはり今度も光らない。そして、一文字たりとも消えなかった。

「……駄目みたい。ごめん、レオ」

「いや、いい。気分はずいぶんいい」

レオはそう言うと、半信半疑な顔でじっと見ているクロードに、ナイフを取ってきてほしいと頼んだ。

「なにをする気だい？」

「リンネの話が嘘じゃないって証拠を見せる」

クロードがメイドに頼み、すぐ持ってきてもらった果物用のナイフをレオに渡した。受け取ったレオは、それで指先を切った。まっすぐな切り目に沿って血がにじんでくる。

「ちょっと！　なんで、自分で傷つけてるの？」

「実際に見せた方が早いからだ。さっさと治せ」

偉そうに指を差し出され、私はあわあわしながらも、『手当て』する。今度は、ちゃんと手に熱が集まり、光を放って傷を綺麗に治した。

「本当だ」

クロードが息をのむ。

「どう？　私もびっくりしたんだけど」

「これはすごい力じゃないか。リンネ」

「うん。ねぇ、これって魔術なの？」

聞いてみると、クロードは考え込むような仕草をした。

「そうだね。でも呪文を使ってないから、魔法にあたるような気もするなぁ。……少し調べてみようか。悪い力じゃなさそうだけど、リンネの体に負担はないのかい？」

「うーん。少し疲れるかな。体からなにかが吸い取られているような感覚があって、使った後はだるくなるの」

「おそらくリンネには魔力があるんだろうね。でも体の中にある魔力は有限だ。使ったら疲れるのは魔力不足になるからだろう。使いすぎれば倒れるかもしれない。あまり大っぴらに癒しの力があるとは言わない方がいいかもしれないね」

「わかった」

どの程度の怪我まで治せるのかもよくわからないし、癒しの力があると知られて、殺到されても困る。人に言わないのは私も賛成だ。

「どうせ力が宿るなら、レオの入れ墨を消せる力がよかったなぁ」

「ティン」

そう言ったら、ソロが尻尾を揺らしながら私を見上げた。口もとのクッキーの粉を払ってあげたら、くすぐったそうに顔を横に振る。

「ああもう、かわいいなぁ！」

ソロにめろめろになった私が騒いでいると、勉強部屋の扉がノックされる。

「そろそろ、授業を再開してもよろしいですかな」

テレンス先生だ。私とレオが立ち上がると、ソロは「ティン」とひと鳴きして、姿を消してしまう。

「あれ、コックスはどこに行った？」

クロードが不思議そうにきょろきょろしているけれど、私は母コックスと同様に、ソロも姿を消せるのだろうと思っている。

母コックスは自分たちのことを〝神獣〟と呼んだ。たぶん、私たちが知らないすごい力を、コックスは持っているのだ。

屋敷に帰ってから、私はお父様とお母様に、ソロを飼う許可を取った。お母様は嫌そうな顔をしたけれど、基本的に、ふたりとも一人娘である私には甘い。

「餌はどのようなものを食べるんでしょうね」

実際に世話を引き受けることになるエリーは非常に困惑していたけれど、「なんでも食べそうだよ」と適当に答えておく。実際、クッキーも食べていたし、私のお夕飯から分けてあげた鶏肉も、普通に食べていた。

食後はお風呂だが、ソロは最初、湯気の上がった湯船を嫌がって姿を消してしまった。仕方なく私がひとりで入っていると、やがてこっそりと姿を現したので、抱っこしたまま一緒に入れてあげる。

「ティン」

入ってみれば、お湯の温度が気に入ったようで、耳を立ててご機嫌になった。

「いつの間にソロまで入っていたんです?」

エリーは大判のタオルで私の髪と、ソロの毛をそれぞれ拭きながら不思議そうにしている。

「ソロ、とってもいい匂いになったよ」

私が言うと、うれしそうに尻尾を揺らしていた。

いざ寝ようという時間になると、ソロは落ち着かなさげに窓から外を見始めた。

「ティーン」

誰かに呼びかけるように切なげな声を出す。

「ソロ、どうしたの？」

親コックスと初めて離れて、寂しいのかもしれない。尻尾と耳が力なくたれている。

「ティン、ティン」

ソロは私に一生懸命答えてくれているようだけど、残念ながらなにを言っているのかはわからなかった。

「おいで、ソロ」

手を広げると、鳴きながら飛び込んでくる。

「寂しいのかな。ソロはまだ子供だもんね」

凛音が子供の頃も、初めてひとりで寝ることになったときは怖かった覚えがある。

「ティン、ティン」

甘えるように頭を擦りつけてくるソロの背中を、慰めるつもりでなでていたら、やがて私の膝の上で小さく丸くなった。

「ティン」

「一緒に寝る？　ソロはオスだけど、獣だし子供だからいいよね」

普段、お母様から言われている、貴族令嬢のたしなみを思い出してそう言うと、ソロはうれしそうにうなずいた。

私は笑って、彼をベッドに引き入れる。

隣にちょこんと丸くなって、ふわわ、と大きなあくびをするソロがかわいくて、愛おしい。

「お休み、ソロ」

「ティン」

やがて体が温まってきたのか、ソロの体からやわらかな熱気が伝わってきた。私もなんだか安心して、一緒に眠りについた。

流れる月日と進行する呪文

神獣は、神出鬼没であるらしい。

最初の一年、ソロは私のそばから離れたがらなかった。学園に行っている間は遊んであげられないよと言っても、時々休み時間に姿を見せては抱きついて、満足するとふっと姿を消す。

二年目に入ると、慣れてきたのか長いお散歩に出るようになった。何日か屋敷に帰ってこないので、私は心配して捜したものだけど、やがて平気な顔で帰ってくる。そのときは必ず、お土産のように、木の実や果実を持って帰ってくるのだ。

それは、市場で見かけるような一般的なものではなく、変わったものが多かった。食べると眠気が飛んでいくカシューナッツに似た種や、頭がすっきりして、心なしか記憶力が上がる気のするラズベリーに似た果実。不思議な効果が付随するものが多かったから、コックスしか知らない聖なる場所があって、そこに自生する植物になっている実ではないかと私は考えていた。

そして三年目である今年は、さらに変わったものを持ってきた。

私は十一歳となり、今年から新しい校舎に移動した。敷地こそ一緒だが、今までとは校庭を挟んで反対側になる。物珍しさもあって、ひとりで校舎裏を散策していたとき、突然、ソロが姿を現したのだ。

「ティン！」

「ソロ！　学園には来ちゃ駄目って言ったじゃない。ていうか、どこ行っていたの？　一週間も顔を見せなかったら、心配するでしょう？」

ソロは今も、私のわかる言葉を話さない。母コックスは成長すれば覚えると言ったけれど、見た目も変わっていないから、まだ大人にはなっていないのだろう。動物だから、一年くらいで大人になると勝手に思っていたけど、全然だ。もしかすると、私が生きている間には大人にならないのかもしれない。

「ティン」

いつもなら、胸に飛び込んでくるソロだが、今日はどや顔で、大きな木の実を差し出してきた。外側が茶色くて、ソロの顔の大きさくらいある。

「なにこれ？」

「ティン！」

「見た目はココナッツに似てるね」

私はソロの持ってきた大きな木の実を受け取り、振ってみる。予想通り、ジャブジャブと中で液体が動く音がした。

「この場で割るのは危険そうだから、帰ってからやろうか」

「ティン！」

木の実を渡して満足したのか、ソロは私の肩に飛びのってきた。疲れて動きたくないときの指定席のようで、尻尾を反対側の肩に上手に引っかけ、落ちないようにしている。私としては、肩が凝るのでやめてほしい体勢だ。

馬車が伯爵邸に着くと、ソロは元気を取り戻し、厨房へと駆けていった。私は一緒に乗っていたエリーと共に、ゆっくり後を追いかける。

「おっ、ソロじゃないか。どうした？」

いかつい料理長が、ソロを抱き上げ、デレデレと目尻を下げている。

「ティンティン！」

ソロは追ってきた私の方を振り向いた。おそらく、木の実を差し出せと言っているのだろう。

「料理長、これを割ってみてくれる？　液体が入っていそうだから、それも捨てないで取っておいて」

「これはお嬢様！」

普段、姿を見せることのない私に驚きつつ、料理長は私の言う通り、キリで穴をあけて、中の液体を取り出した。色は白で、見た目はミルクみたいだ。全部出きったら、今度は包丁で割ってみる。茶色い外側とは違い、中は白かった。液体の入っていた部分が空洞になっている。

「この白い部分は食べられるのかしら」

「削ってみましょうか」

スプーンでこすってみると、薄い破片がたくさん取れた。私はそれをつまんで食べてみる。

「あ、お嬢様。お待ちください。まだ毒見もしてないですよ」

「もう食べちゃった。おいしいよ」

私はこの味に覚えがあった。凛音時代に飲んでいたプロテインドリンクだ。ひそかな甘さに好き嫌いはわかれる味だったが、私は好きでよく飲んでいた。

本当にプロテインが入っているとは思えないけど、もしそうなら、筋肉をつけるのにこれ以上のものはない。数日飲んだり食べたりして、自分で試してみようかな。

私は、実の内側の白い部分を、削り取って粉状にするように頼み、液体は瓶に入れてもらった。プロテインとココナッツを組み合わせ『ココテイン』と名付ける。


その日の午後、私は運動時間の後に、ココテインを飲んだ。レオは不審そうに私の持っている瓶を見ている。

「なにを持ってきたんだ?」

「ココテイン。私の予想が正しければ、いい筋肉をつけることができるの。運動した後に飲むといいんだよ。失ったタイミングで補給するのが大切なんだから」

飲んでみると、走った疲れがすぐに取れた。筋肉がつくかどうかは、経過を見なきゃわからないけれど、体力回復薬としては有能だ。

「このドリンク、すごくいいかも。いいものを採ってきてくれてありがとう、ソロ」

「ティン！」

久しぶりに帰ってきたからか、今日は私から離れないので、ほかの人が来たときは姿を消す約束で城にもソロを連れてきていた。

ソロはちらりとレオの方を見ると、どうだとばかりに胸をそらして「ティン」と鳴いた。

「こいつ、俺に対して態度悪いよな」

「踏まれたことを根に持ってるんじゃないの」

「……お前は平和だな」

レオにあきれたような目で見られた。なぜ今の流れで私が馬鹿にされるのか、わからない。

「疲れが取れる気がするんだけど、レオも飲んでみる？」

「うーん」

レオは非常に疑心暗鬼といった感じだったが、「嫌ならいいよ」と引っ込めたら慌てて飲みだした。そして、すぐに効果があったのか、目を見張る。

「なんだ、これ！」

「ね、疲れが取れるでしょう？」

レオは信じられないというように左腕を触る。

「腕の痛みも取れた」

「え？　今痛かったの？」

「ああ。じっとしていれば治まるから、わざわざ言うほどの話じゃない」

「私にくらい言えばいいのに」

レオは不幸に慣れすぎだと思う。痛いなら痛い、つらいならつらいと言えばいいのだ。なにも変わらないかもしれないけれど、心にため込んでいることを言葉にするだけで、気持ちが楽になることはあると思う。

「私の『手当て』は今のところ怪我にしか効いてないけど、繰り返していれば多少効果があるかもしれないじゃない？　練習させてよ」

今は、学園の保健委員に立候補して、ひそかに『手当て』の力を鍛えている。人に不審がられないように、包帯を巻いた上から、弱めに『手当て』をするのだ。光を発しない程度の力を加えると、完全には治らないけれど、痛みは取れる。こうして、人知れず癒しの力を使えば、騒がれなくてもいいし、力も鍛えられるし一石二鳥である。

私は凛音のときも今も健康優良児なので、怪我はしても、病気はほとんどしたことがない。レオがどんなふうに苦しいのか、どんなふうにすると楽なのかが全然わからないから、癒しの力にも反映されないのだろう。

「試しにまたやってみるから、ちょっとじっとしていてね」

そう言って、私は服の上からレオの腕に手をかざす。いつものように、体内の魔力が、手のひらに集まってきて熱を発する。

魔力はやがて、レオの中に消えていったけれど、今回も光らない。

「文字、消えてない？」

レオは襟ぐりを広げて、自分だけで左腕を確認した。

「うーん。……消えてはないな」

「やっぱり駄目かぁ。ごめん」

「謝るな。お前が悪いわけじゃない」

レオはぶっきらぼうに言うと、「これ、よかったら、これからももらえるか？」とココティンの瓶を手に取る。

「もちろん。これで痛みが取れるなら、いくらでも持ってくるよ。ソロが見つけてくれたんだよ、ね」

「ティン」

なぜかソロは、あまり喜んではくれない。

「ソロ。なに怒ってるの」

「ティン、ティン」

「大方、お前にやったわけじゃないって思ってんだろ、こいつは」

レオの指摘があたっていたのか、ソロはうなずくような仕草をし、フサフサの尻尾でレオの手をたたいた。

三年たっても犬猿の仲なのに、妙に通じ合ってるからおもしろい。

それから毎年、ソロは三ヵ月に一度、ココテインを持ってきてくれるようになった。

私の検証の結果、ココテインは筋肉増強にもおおいに役立ってくれた。さらに痛み止めにもなり、疲労回復もできるなんて、素晴らしい木の実だ。ただ、採るのには日数がかかるようで、一度採りに出かけると、ソロは一週間ほど帰ってこない。

無理をさせているのではと心配になるけれど、私の『手当て』ではレオの腕の痛みを治せないので、ソロに頼むしかなかった。

「いつもありがとう、ソロ」

お礼を言うと、満面の笑顔で尻尾を振る。

「ティン！」

ソロがいてくれて、私はすごく救われているのだ。

＊　＊　＊

腕に針を刺したような痛みを感じて、俺は目を開けた。

あたりはまだ暗闇だ。俺は、自分で体を抱きしめるようにして、痛みが治まるのをじっと待った。人を呼ぶことはない。毎晩とは言わないが、数日に一度のペースで痛むため、すでに慣れっこになっている。

この文字をおば上に刺されてから、もう六年。俺は十四歳になっていた。

「痛む場所が変わったな」

今までは、文字のある場所が痛かった。だが最近は、少しずつそれより上が痛むようになっていた。

「ココテインがあればいいんだが……」

リンネが二年前にくれた不思議な飲み物は、疲労を回復するだけでなく、腕の痛みも取り去ってくれた。あれ以来、定期的にもらって、腕が痛んだときに飲んでいる。ちょうど数日前になくなったばかりなので、新しいものをもらうまで、今は我慢するしかない。

リンネは、『手当て』でこの文字を消せないのを悔しがっているが、ココテインをもらえただけでも、ずいぶんと楽になった。

俺は寝返りを打ち、大きく息を吐き出した。

リンネのことを考えていると、心が軽くなっていく。彼女には振り回されることも多いが、あの前向きさに、俺はずいぶん救われているのだ。

「落ち着いてきたな」

痛みの治まった腕を離し、俺はランプに明かりをともした。そして服を脱ぎ、裸の上半身を鏡に映す。

最初は黒かった腕の呪文は、刻まれてからのこの六年間に、少しずつ赤黒くなっていった。微妙ではあるが、変化は変化だ。だが、これが、いい方向に向かっているのか悪い方向に向かっているのかが判別できなかった。

そして今日は、さらに違った変化があった。

「線が伸びてる？」

文字の先が、まるで血管をなぞるように五センチほど肩の方に向かって伸びていた。

「なんだ、これは」

今までにない変化に俺は焦った。

この呪文が刻まれてから、クロードは古代語やリトルウィックの魔術について調べている。魔術書の入手にずいぶんと苦労していたようだが、今年に入って、ようやく入手先が見つかったと言っていた。最近は寝る間も惜しんで読んでいるようだ。

その後、クロードはなにか手がかりを掴んだのだろうか、と考えていると、突然ノックの音が響いた。

「誰だ！」

深夜に訪問者が来るときはろくな連絡じゃない。

焦って叫ぶと、「僕だよ。起きているのかい、レオ」とクロードの声がする。

俺はホッと息を吐き、慌ててベッドに投げ出したままの夜着を身に着けた。

「入っていいぞ」

すぐに扉が開けられ、夜着の上にガウンを羽織ったクロードが顔を見せる。

「窓から、君の部屋に明かりがともったのが見えたから気になってね。大丈夫かい？　具合が悪い？」

人好きのする笑みで、彼はそう言う。

おば上のもとから救出されてしばらくの間、クロードは俺と同室で寝てくれた。誰とも話せなくなっていた俺に苛立つことも、悪夢に怯えて何度も起きることに怒ることもなく、落ち着くまでずっと、背中をさすってくれた。

俺にとって、クロードは全幅《ぜんぷく》の信頼を置ける相手なのだ。

「お前はずっと起きていたのか？」

「いろいろわかってきたからね。調べきってしまいたかったし」

クロードが魔術書を見せてくれる。

寝る間を惜しんでまですることではないと言いたいけれど、彼がそうやってくれる気遣いがうれしくもあり、俺はかける言葉を見つけられない。

「なにかわかったか？」

「うん。この文字が古代語で、呪文であることは間違いないね。レオ、……魔法と魔術の違いってわかるかい？」

クロードの問いかけに、俺は首を振った。

「魔法とは、超常的な力であり、使える人間は限られている。対して魔術は、人工的に再現した超常的な力を指すんだ」

「違いがわからない」

俺は素直に答える。

「リンネが見せてくれた、あの癒しの力は魔法だ。法則性もよくわからないし、再現もできない。ただ、リンネだけが使える力だ。そうだろ？」

俺はこくりとうなずく。リンネは呪文を唱えるでもなく、ただ願うだけでやってのけた。

「対して、君の腕に刻まれた呪文は〝魔術〟だ。魔術は、こんな教本が作られるだけあって、一定の手順と道具、材料がそろえばある程度再現することができる。逆を言えば、魔術は構造がわかれば破壊することもできるはずなんだ」

頭の中に光が差したような気がした。少なくとも、対抗不可能な力ではないのだと思えば、希望が湧いてくる。

「ただ、残念ながら、僕にはまだ、君の腕に書かれた呪文の目的も構造も掴めていない。手に入れた魔術書は入門書だから、これ以上のことはわかりそうにないんだ」

クロードの顔に少し疲れが見える。

「調べてくれるのは助かるが、ちゃんと寝ないとクロードが倒れるぞ」

「わかってるよ。つい、夢中になってしまっただけだ」

クロードはやわらかく微笑んだ。その気遣いに感謝しながら、俺は笑い返す。

「で、君はどうして起きたの？　なにかあったのかい？」

「腕に痛みがあってな」

「痛み？　ちょっと見せてくれる？」

促されるまま、袖をまくり上げて腕を見せた。クロードもすぐに、呪文から伸びた線に気がつき、眉を寄せる。

「どうしたんだい、これ」

「わからない。確認してみたら伸びていた。風呂に入ったときは気づかなかったから、痛みと共に伸びたんじゃないかと思うんだが」

「まるで呪文が生きているようだね。よく見てレオ、この線、細かな文字で書かれている」

明かりを近づけてじっくり見れば、たしかに線は細かな文字が並んでできたものだ。

「気持ち悪いな」

「やっぱりもっと上級書を調べないと駄目だね。この呪文は成長して新たな効果を引き出すのかもしれない」

クロードが疲れたようにため息をつく。たしかに頭の痛くなるような変化だ。

これ以上、なにが起こるというのだろう。人間全員に触れなくなるのか。それとも、命を脅《おびや》かされるのか。

無意識に身震いをした俺を、クロードが心配そうに見つめた。

学園を卒業し、王城での執務にあたるようになったクロードは、魔術研究のチームを立ち上げた。ごく少数のメンバーで構成されていて、機密保持が楽になったぶん、調査がはかどるようになったとクロードは言っている。

「今度、交易商から上級魔術書を入手してもらえる手はずになっているんだ。それが届けば、もっと多くのことがわかると思う。……とりあえず呪文に変化があったことだけは、報告しておくね」

「父上にか？」

「王妃様も心配している。それにリンネも」

「リンネには言うなよ」

心配して泣かれても困る。リンネは感情豊かで、すぐ怒ったり泣いたり笑ったりする。笑われるのはいいが、泣かれるのは嫌だ。

「どうしてだい？　リンネは君の数少ない理解者だ。全部わかっていてもらった方がいいんじゃないのか？」

「リンネの『手当て』でも消せないような呪文だぞ？　いたずらに心配させたくないと言っているんだ」

「あの子なら大丈夫だろう。むしろそれを上回る勢いで君を救ってくれる」

その言い方が引っかかった。誰にでも愛想はいいが、誰のことも信用はしていないクロードがみせるリンネへの信頼に、胸がざわつく。

「なにかあったのか、リンネと」

「いや？　……ただ、前から思っていたけれど、おもしろい子だよね。ついこの間、ただ疲れていただけだったのに、落ち込んでいるように見えたらしくて、心配してくれてさ。それでリンネ、なんて言ったと思う？　一緒に走ろうだって」

クロードは苦笑している。俺もその場面を想像して、思わず笑ってしまった。

「リンネは走れば誰でも元気になると思ってるんだ。……で、走ったのか？」

「疲れていたから遠慮しておいたよ」

「そうか」

クロードの返事に、俺はホッとした。

走らなくて正解だ。走り終えた後のリンネを見たら、誰だって魅了されるに決まっている。

疲れるだけのランニングのなにがそんなに楽しいのかはわからないが、目をキラキラとさせて、とても楽しそうに笑う。汗だくのくせに綺麗に見えるなんて反則だ。

ほかの誰にも見せたくない。あの笑顔は、俺だけのものにしておきたい。

「とにかく、リンネには呪文の全容があきらかになるまで伝えないでくれ。できれば母上にも」

「仕方ないね。でも陛下には報告するよ。僕は陛下から君を頼まれているんだから」

「わかった」

渋々ではあるが、俺はうなずいた。父上が俺を大切に思ってくれるのはありがたいが、気分は複雑だ。

宰相と大臣が話しているのを盗み聞きして知ったことだが、俺に兄弟がいないのは、次の子ができれば俺が軽んじられると案じた両親が、あえてつくらない道を選んだからなのだそうだ。

さらわれたときだって、父上は危険を冒して救いにきてくれた。俺はうれしかったが、国王という観点で見れば褒められた話ではない。実際、周囲から厳しい非難の声があがっていたし、それは俺の耳にも届いてきた。俺のせいで、父上が悪く言われるのはつらかった。

「じゃあ、この話はここまでにしよう。レオ、ちゃんと寝ないと、体が持たないよ」

「それは、一言一句残らずお前に返す」

クロードはくすりと笑うと、俺をベッドに誘導した。寝つくまでいるつもりなのか、自分は椅子を持ってきて座る。

「おやすみ、レオ」

「……おやすみ」

夜の静けさに、クロードの息遣いが交じる。落ち着かずに、俺は何度も寝返りを打った。頭の中で考えていることが、口をついて出てしまいそうで怖かったのだ。

俺は自分の手のひらを見た。十四歳になり、手の大きさは大人のそれと同じくらいにはなったが、それだけだ。なにも守れないどころか、自分のことさえままならないほど弱い。

対してクロードはもう十八歳。この国の成人であり、大人だ。得体の知れない呪文についても根気よく調べ、少しずつでも結果を出してくれる。実直で穏やかで人に優しい。俺にとって、目指すべき理想の男だ。

そばにいれば、誰でもクロードに好意を抱くだろう。

だから、リンネが、クロードに笑いかけると変に胸が軋む。俺にとってリンネは唯一の人でも、彼女にとってはそうじゃない。

『クロードは、リンネが好きか？』

答えを聞いてしまったら後悔するに違いない質問を頭から追い出したくて、俺は再び寝返りを打った。

婚約するって本当ですか

レオと初めて会ってから、八年が過ぎた。

現在、私は十六歳。周囲からは、美しい令嬢と褒めそやされるくらいになった。ウェーブを描く金髪は、艶《つや》もこしもあり、心配していた胸もちゃんと育って、走るのにはむしろ邪魔なくらいだ。日頃鍛えているおかげで無駄な脂肪もない。私としては、ほどよく筋肉のついた足を褒めてほしいところだが、基本がドレスの貴族令嬢としては見せる場面がなかった。

「ティン！」

「ソロ。お帰り。今回もご苦労様」

ソロがいつものようにココテインを持って帰ってきてくれた。私はそれを受け取り、ソロの頭をなでてあげる。

「ティーン」

うれしそうに鳴くソロは、まだ人間の言葉を話す兆しがない。

体も、ひと回りは大きくなったが、母コックスに比べれば、まだまだ子供としか思えない大きさだし、尻尾も一本のままだ。

レオの腕の呪文については、とくに新しいことは判明していない。……というか、私には知らせないようにしているのだと思う。

クロードもレオも、私がその話をすると、なにげなくそらしてしまうのだ。相手が言いたくないことを、こちらからはあえて聞くつもりがないので、追及はしていない。

レオはともかく、クロードは絶対話したくないわけではない気がするので、レオの命にかかわるような危険を感じたときは、クロードが教えてくれるんじゃないかと勝手に思っていた。

そんなある日、私は帰りぎわに、陛下に呼び出された。

レオやクロードとは気やすくしている私だけれど、国王陛下ともなればさすがに緊張するのだ。従者とかに伝言してくれたら、それで十分なのにと思ってしまう。

渋々と謁見室に向かうと、国王陛下は「かしこまらなくともよい」とひざまずこうとした私を手で制した。

「リンネ嬢、なんとかレオを学園へ連れていってくれないか」

「またそのお話ですか」

もう何度目かになるお願いに、困ってしまう。

レオは今十七歳で、ぐんぐん成長して、クロードの背も抜いてしまった。少し丸みを帯びた輪郭に、すっと通った鼻。意志の強そうなくっきり二重の目、瞳は紫水晶のように輝いている。

体は鍛えられた理想の細マッチョ体型。貴族の令嬢たちが放ってはおかない容姿だ。

勉学のかたわら、陛下の執務手伝いもしていて、男性だけの中にいるぶんにはなんの問題もないそうだ。けれど、相変わらず女性恐怖症は治っておらず、学園には戻らないとかたくなに言っている。

通ったところで、卒業まではあと一年しかない。私は正直、今さらだと思っている。

「恐れながら陛下。今から通っても一年しかありませんし、レオ様に無理をさせる必要はないのでは」

「リンネ嬢。私はレオに、信頼できる友人をつくってほしいのだ。成人すれば、あの子が王太子として単独で執務にあたることもあるだろう。侍女やメイドと接触する機会だってあるし、奥方を同伴した貴族と話す機会もある。女性とまったく触れ合わないわけにはいかんのだ。その症状が治らないなら余計、あの子には、事情を知りサポートしてくれる人間が必要だ。その人物は、命令で動く部下よりは、あの子を心から心配してくれる友人であってほしい」

陛下の言うことはもっともだ。

私はレオより年下だけど、凛音の記憶があるから、レオを弟のように思ってきた。ずっと一緒にいて、情もめちゃくちゃ湧いている。

だからこそ、陛下がレオに対して心配していることは十分に理解できたし、できるならば力になってあげたい。……けど、無理だと思うんだよなぁ。

「わかりました。これが最後のチャンスだと思って言ってみます」

渋々うなずいた私に、陛下は心の底からホッとしたような顔をした。

翌日の午後の勉強時間、先生が課題の採点をしている間の待ち時間に、私はピクニックにでも誘う調子で彼を誘った。

「ねぇ、レオも学園に行こうよ」

「嫌だ」

だが、レオには仏頂面で即答された。

「どうして！」

「今さら面倒くさい」

あとは実のない言い合いが繰り返された。おおむね私の予想通りだ。

だから嫌だったんだよ。レオの引きこもりは筋金入りだもん。誘ったところで、うなずくはずがないのに。

「それより、狩りの話だが」

「狩り！　いつ行く？」

最近、私たちの間ではウサギ狩りがはやっている。

執務につくようになったクロードが、休日に私とレオを誘ってくれたのが始まりだ。

初めて獲りたてのキジ肉やウサギ肉を調理してもらって食べたときから、私はそのおいしさに夢中だ。狩りと聞けば喜んでついていく。

狩りに同行するために乗馬も弓も習った。とくに乗馬は、必死に練習した成果が出て、かなり上手だ。レオにもクロードにも負けないスピードでついていける。同様に練習したわりに、狩猟の腕前はいまいちだけど。

「三日後の休日に」

「行く行くー！　……って、話そらさないで、レオ。学園に行こうって話だよ」

危うくのせられるところだった。危ない危ない。

「しつこいな。なんなんだ」

仏頂面をされても今回ばかりは怯《ひる》むもんか。陛下にも頼まれてるし、私だってレオが心配なのだから。

「レオにとって必要だと思うから言っているんだよ」

「勉強ならここでもできる」

「勉強だけが大事じゃないでしょう？　レオは王太子なんだし、信頼できる側近を見つけるためにも、今のうちからひとりでも多くの人と友人関係をつくっていかなきゃ駄目なんだよ。学園に通えるのは、あと一年しかないんだよ」

陛下からの受け売りをそのまま伝える。するとレオは嫌そうに眉を寄せた。

「女がたくさんいる。すぐ体調を崩すようでは、まともに生活できないだろ」

「それはそうだけど。以前に比べればよくなっているってクロードから聞いてるよ？　同じ空間にいるくらいは大丈夫なんでしょう？　要は触られなければいいわけだし。それこそ、私と鍛えた瞬発力でさっとよけなよ。それに、楽しいこともたくさんあるよ。制服だって着てみたいって思わない？　それに、毎年四回、季節の終わりにはダンスパーティもあるよ」

楽しいことを教えてあげたはずなのに、レオは怒ったように眉を寄せて、私の肩を掴んだ。

「お前、それ、誰と踊ってるんだ？」

「誰って……課題のダンスは身長順で踊らされるけど。パーティではべつに踊らなくてもいいんだよ。だからレオでも大丈夫。そこで出される料理がね、すっごくおいしいんだよ。ケーキとか絶品！」

「食い気か……」

ものすごくあきれた声を出されたが、ここで怯んではいけない、私。

「おいしいものを食べれば元気が出るよ。舞踏会だって、ずっと逃げているわけにいかないでしょ？　たとえ踊らなくても舞踏会の場に慣れるという意味で、学園はいい練習場じゃない。友達がいれば話しているだけでも楽しいし」

まあ私も友達はいないけどな……と思いつつ見つめると、レオはため息をついた。

「どうせ父上に頼まれたんだろう？」

「う……そうだけど。でも私がレオを心配してるのも本当だよ！」

目をそらす私の頬を軽く両手で包み、あきれたように笑う。

「あと一年しかないのにな」

レオの手が大きいから、指先が耳にかかって、くぐもって聞こえにくい。

「聞こえないよ」

ムッとして言うと、彼は人を試すときに見せる、細めた視線を私に向けた。

「わかった。リンネが俺の頼みを聞いてくれるなら行ってもいい」

もったいぶった言い方がなんだか癇《かん》に障るけれど、行ってくれるのならうなずくのみだ。

「私にできることなら」

すると返ってきたのはとんでもない爆弾発言だった。

「では、俺と婚約してくれ。だったら学園に行ってもいい」

「……は？」

あまりに突拍子もないお願いに、私は問うべき言葉も思いつかず、ほうけてしまった。

「ティンティン！」

どこからともなく現れたソロが、なぜか毛を逆立て、レオに向かって怒りだした。

婚約話は、さっそくその夜に、お父様からもたらされた。

「よくやったリンネ。王太子殿下、たってのお望みだそうだ。陛下も喜んでくれて、すぐにでも婚約を整えようとおっしゃっている」

「やっぱりレオ様は本気なのですか？」

「そうだ、リンネ。なにを驚いている。当然だろう。八年間、お前は殿下と交流し愛を育んできたのではなかったのか」

育んできたのは友情だと思う。それに、私はずっとレオを弟のように思ってきた。レオを守ってあげたいという気持ちはあるけれど、どちらかといえば、恋愛よりは家族愛に近い。

「私たちの間にあるのは、愛ではないと思います、お父様。レオ様も同じですよ」

「なにを言っているんだ。殿下がぜひにとおっしゃったらしいぞ。あれほど嫌がっておられた学園への復学も、リンネが婚約者としてそばにいてくれるならば、がんばれるとな」

「それは、ほかの令嬢を寄せつけないためですよ」

あの後、怒りくるうソロをなだめつつ、『どうして婚約？』と問いかけた私に、レオはそう言った。

城でご夫人たちに囲まれるように、学園に行けば女生徒に群がられる。レオはそれが嫌なのだそうだ。直接触ってくるほど図々しい人間はいないと信じたいが、学園という同年代が集まるカジュアルな空間であることで、令嬢たちにも甘えが生まれる。多少、距離が近くなってしまうのはやむを得ない。でも、王太子という立場上、国民を男女で差別することは許されないから、女性にばかりつれなくするわけにもいかないのだそう。

それでも、婚約者が同じ校内にいれば話は別だ。レオは私を盾にして、令嬢の誘いを断ることができるし、触られたくない言い訳もできる。

『つまり、レオは女よけのために私と婚約しておきたいんだね』と確認したら、バツの悪そうな顔でうなずかれた。

たしかに、女よけとして一番適任なのは私だ。伯爵令嬢という、王太子の婚約者として最低レベルの身分があり、遊び相手として長年友情を育んできた経緯もある。

「ちなみにお父様。婚約したらすぐ結婚というわけではありませんよね？」

「あたり前だろう。お前が学生のうちは無理だ。いいか？　間違っても婚約期間中に殿下を怒らせるようなことをするなよ？　粗相して婚約破棄された令嬢なんて、もう嫁のもらい手がないからな？」

鬼気迫る顔で言われて、反論も思いつかずコクコクとうなずく。

つまり、破棄自体はできる。いざとなったらわざと粗相して、レオの方から断ってもらえばいいのだ。だとすれば、やっぱりこの婚約を受け、まずはレオに外の世界を見せてやらなきゃいけないだろう。

私は保護者のような気分で納得する。

「わかりました。婚約はお受けします」

「ああ。明日、詳しい話をすることになっているから、私と一緒に殿下に会いにいこう。お前が城に来る時間を見計らって、門のところで待っているからな」

そんなわけで翌日の昼、一度屋敷に帰ってクリームイエローの華やかなドレスに着替えてから、城でお父様と合流した。いつもの勉強部屋ではなく応接室へと招かれ、出されたお茶を飲みながら待っていると、レオが顔を出す。

レオも、今日はいつもよりも正装に近い。上質のフロックコートを着こなしていて、大人と変わらないくらいキリッとしている。

レオは笑顔でお父様と握手をし、了承を受けて今後の話をし始めた。

レオとお父様の話が終わったところで、私はレオを手招きし、お父様に聞こえないように、背伸びして口を彼の耳もとに寄せ、小声でささやいた。

「本当に婚約がまとまっちゃいそうだけど、いいのね?」

レオの頬に赤みが差す。が、彼はすぐにそっぽを向いてしまった。なぜここで照れるのか、私にはわけがわからない。

「お前だって了承しただろう?　それとも嫌なのか?」

「べつに?　レオを守るためならいくらでもがんばるけど。でも、兄弟と結婚するみたいで変な感じ」

「そうか……」

なぜかレオが肩を落としている。いったいどうしちゃったんだろう。

「レオ、おなかすいてる？」

「どうしてお前は食べ物のことばかりなんだ」

「いや、だって。おなかがすいてたら、元気でないでしょう」

なにを問われているのかわからない。困って見つめると、レオはため息を落とし、あきれたような声で語りだす。

「リンネ。お前は食べるのが好きなんだろ？」

「うん。おいしいものはなんでも好き」

「じゃあやっぱり、お前は俺と婚約すればいいいんじゃないか。俺といれば、たいがいうまい料理が食えるだろう？」

「まあそうだね。でも……」

さすがにそれを目的として結婚するのは、いかがなものかと思うけど。

「それに言っただろ。俺は学園に行くなら、令嬢から逃げるための建前が欲しい」

聞いた。それは納得もしてはいる。だけど。

「でも、昨日寝る前に気づいたんだけど、私と婚約したら、レオがほかの令嬢と出会う機会がなくなっちゃうよね」

学園に通うメイン目的は友情を育むことかもしれないけれど、本来、レオの年齢ならば恋愛方面だって重要なはずだ。

「触れもしない女を好きになれるわけないだろう」

「それはそうだけど、もしかしたら、私以外にもレオに触ることができる女の子と出会えるかもしれないよ」

そうなったときに、私が邪魔をするんじゃ申し訳ないなとは思う。

「あり得ないことまで気にするな。それ以外に懸念事項があるならば今言え」

「もし私に、ほかに好きな人ができたらどうしよう」

レオの眉間に皺が寄った。なんか怒ってる？　さすがに婚約者になる人に言うことじゃなかったのか？

「気になる奴でもいるのか？」

「ううん。全然？　でも可能性はないわけじゃないでしょう？」

レオは深々とため息をつく。

「もしお前に本気で好きな奴ができたら、そのときは俺の方から解消手続きを取ってやる。これならいいか」

「うん！」

それならば、安心だ。レオに好きな子ができて、私に遠慮して婚約解消できなくなったときは、この約束を盾に解消を迫ることができる。

「ほかには？」

レオがじっとこちらを見ている。

「もうないよ」とへらりと笑って答えたら、彼は私の手をギュッと握って額を押しつけた。

「……ありがとう」

「え、ちょ、頭上げてよ」

あまりに真剣に言われて、びっくりした。

そんなに切羽つまっていたとは知らなかった。かわいそうに。婚約者のふりくらい、嫌がらず務めてあげなきゃいけないなと誓いを新たにする。

ふと、ねちっこい視線を感じて振り向くと、お父様が、私とレオが親密に話しているのをうれしそうに眺めている。

「いやはや、ふたりはすっかり打ち解けているのですな」

にやにやと冷やかす様子に、ぶんなぐってやりたい気持ちにはなったけれど、レオの前なのでやめておくことにする。


レオの学園への編入は、とんとん拍子で決まった。

私の一学年上になるから、そこまで接点はないけれど、学園生活は私の方が長いし、精いっぱいお世話してあげようと思う。

これまで学園に通う代わりにとおこなわれていた午後の勉強時間は、レオの復学と共に終了するので、今後、私が城に行くことはほとんどなくなるだろう。定期的な運動時間がとれなくなるのと、クロードに会う機会が減ってしまうのは、かなり残念だ。


「ちょっとお聞きになりました？　私たちの学年には転入生がいらっしゃるのですって」

ポーリーナ嬢がほかの女生徒に話しているのが、私の耳にも届いた。

今日はレオの編入の日だ。王太子が復学するとあって、数日前から学園は盛り上がっていた。

そこに突如として新情報が舞い込んだのだ。やれ、転入生は男か、女かと男子生徒による予想立てが始まった。言葉遣いがお上品だから、下世話な感じは受けないけれど、どの世界でも男子学生は似たようなものだなと思う。

転入生の紹介は、学園の生徒全員が集められた講堂でおこなわれる。

壇上に上がったのはレオと赤毛の令嬢で、賭けでもしていたのか、男子生徒の数人が目配せして、ひとりは喜び、ひとりは嘆いている。

その令嬢はとても綺麗な子だった。腰までの見事なストレートの赤髪に、健康そうに赤く染まった頬。ぱっちりとした琥珀《こはく》色の瞳がクルクルとあたりを見回している。

「ローレン・レットラップです。どうぞよろしくお願いいたします」

同級生たちの噂話に耳を傾けると、レットラップ子爵は貿易事業を行っていて、珍しい交易品を入手してくることで有名なのだという。彼はこのたび王都で商館を開き、家族も王都に呼び寄せたので、ローレンは子爵の自領から王都住まいになったのだそう。

「王太子様が復学するのと同じタイミングでの転入なんて、なんて素晴らしい偶然でしょう。これも神の思し召しですわね」

壇上でも、王太子という権力者がそばにいても、物おじすることなくローレンは言った。なかなか肝の据わった令嬢のようだ。

ローレンがにっこり微笑み、レオに向かって手を差し伸べる。握手を求めているのはわかるけど、身分の低い人間が先にその動作をするのは、少し違和感があった。すでに顔色を失っているレオは、その手には目もくれず、「よろしく」とだけ言って、すぐに壇上を下りてしまった。触れてはいないはずなのに、隣に立っているだけで体調が悪くなるなんて気の毒だ。

そのあとは、学年ごとの講義だ。基本王都に住む貴族の子供しか通っていないので、一学年にはひとクラス、三十人程度しかいない。学年が同じであれば、全員一緒の授業を受けることになる。

体調の悪そうなレオが心配だったので、講堂から教室に戻る間にその姿を捜してみたけれど、見つけることができなかった。応援くらいしてあげたかったのに。

仕方なく教室に戻ると、すでに女生徒たちがローレンを囲んでいた。転入生がもてはやされるのも、どの世界でも変わらないようだ。

私は今も、ほかの女生徒と仲よくないので、その輪には交ざらず、教室の端にある自席に座る。しばらく待っていれば先生が来て、あのきゃわきゃわした集団も解散させられるはずだ。

じっと集団を見ていると、ローレンと目が合った。

敵意はないよという意味を込めて、笑顔を向けて手を振ったけれど、ローレンには思いきり目をそらされてしまった。解せん。私がなにをしたというのだ。

やがて先生がやって来る。私たちのクラスを担当するのは、タバサ先生だ。三十代の伯爵未亡人である。

「はい、皆様。着席してくださいませ。このクラスには新しくローレンさんが仲間入りします。皆さんは立派な紳士淑女ですから、仲よく親切にできますわね」

先生はそう言うと、私の方を向いた。

「では、ローレンさん。あなたの席は、空いているあの席になります」

先生に指されたのは、私のうしろの席だ。おおお、なんという偶然。これは神様が仲よくなれと言っているのかもしれない。

ローレンが、気まずそうな顔で私の横を通る。

「リンネといいます。ローレン様、よろしくお願いいたしますわ」

私としては元気よく朗らかに挨拶したつもりだけど、ローレンはなぜか渋い顔で「よろしくお願いします」と小さな声で言った。ものすごく嫌そう。

……いやいや、私がなにしたっていうのさ！


結局、何度か話しかけてみたけれど、ローレンとは話が弾まないまま一日が終わった。もしかしたらすでにほかの令嬢からなにか言われているのかもしれない。せっかく友達をつくるチャンスかも……と思ったけれど、世の中そんなに甘くないようだ。

帰りにもう一度話しかけてみようかなぁと考えていたけれど、その前にレオがやって来た。

「リンネ。終わったなら帰るぞ」

すでに鞄を担いでいるレオは、いまだに顔色が悪い。ちょっと待ってと言いたかったけれど、背後の女生徒たちの「レオ様だわー！」という色めき立った黄色い声を聞いたら、いつまでもこの場にレオを置いておくわけにいかないことはわかる。

「わ、わかった。帰ろ」

立ち上がったとき、さっきまでは目をそらし続けていたローレンが、いきなり腕を掴んで私を引き留めた。

「ちょっと待って、どうして」

「へ？」

美少女に抱きつかれるのは嫌ではない。……が、さっきまであんなに私を避けていたローレンがどうして自分から寄ってくるのだろう。

「あ、あのっ、リンネ様はもしかしてレオ様と……」

真剣な表情に、答えあぐねていると、脇からレオがあっさりと答えてしまう。

「発表はまだだが、婚約中だ」

レオがひときわ大きな声で言うものだから、聞こえていた女生徒が悲鳴をあげた。ローレンも顔を引きつらせている。

レオは、「行くぞ」と私の腕を力強く引っ張り、あっという間にローレンとの距離が空いてしまった。

おかしくない？　たしかに私はレオの友人づくりを応援することになっている。けれど、レオに私の友人づくりを邪魔される筋合いはないはずだ。

「ちょ、痛いって。あの、ローレン様ごきげんよう。また明日！」

レオに引っ張られながら、なんとか挨拶だけはする。ローレンは引きつったまま手を振り返してくれた。そして、〝婚約〟という言葉を聞いた女生徒たちが、話し込んでいるのも見える。きっと明日には全校中に広まってしまうだろう。

「乗れ」

「これ王家の馬車でしょう？　私にはうちの迎えが来るはずだけど」

「大丈夫だ。俺が送ると言ってある。いいから一緒に乗れ。少しは、俺の疲労を癒してやろうと思わないのか」

いったい、どんな目にあったのか。顔色も悪いし、学園生活初日は大変だったのかな。

仕方なく話を聞くために一緒の馬車に乗る。さぞかし愚痴が飛び出すのかと思ったら、レオはふたりきりになった途端、安心したように大きく息をつき、そのあとはなにも話さなかった。

なによ。せっかく聞くモードになったのに。

私は私で、ちょっとふて腐れていた。

「ああー。明日からまた面倒くさいなぁ」

「なぜだ。婚約中だと宣言しておけば、余計な面倒が増えないだろう」

「レオはね。でも私の方はやっかまれるから面倒が増えるのよ」

「やっかみって……なにをされるんだ？」

愚痴ってみたけれど、ピンとはきていないみたい。仕方ないか、箱入りのお坊ちゃんだもの。

「俺は悪いことをしたのか？」

「……ううん。そうじゃない。気にしないで、ごめん」

しょぼくれた顔をされたら、こう言うしかないだろう。レオが私を傷つけようとは思っていないことくらい、理解できるもん。

大騒ぎのお披露目会

レオが復学して間もなく、約束の狩りの日になった。

クロードと出かけるのは久しぶりなので、とても楽しみである。

「ティン！」

学園にいる間は姿を見せないソロも、今日は定位置である私の肩にくっついている。

今年新調した上質の乗馬服に身を包み、愛馬にまたがって、前を行くレオとクロードを追う。

「リンネ、速くないかい？」

「平気。もっと飛ばしてもいいよ」

普通の令嬢では出せないようなスピードでついていく私を、クロードが気遣ってくれる。

そんなに心配しなくてもいいよ！　私、乗馬は大好きだもん。

「えーい！」

だが狩猟の腕前はいまいちだ。弓を馬上でつがえることはできるが、命中率は低い。

「またはずした！」

「まあ、動く獲物をしとめるのは至難の業だよ」

「でもレオやクロードは上手なのに」

ふたりは狩猟犬とタッグを組み、すでに本日の夕食になりそうなウサギを三羽捕まえている。

だから私が獲物をしとめなくても問題はないのだけど、私は負けるのが嫌いなのだ。

「リンネは馬上で安定していないんだ。腿《もも》に力を入れて、まず安定して乗っていられるようにならないと」

偉そうにレオが言う。昔は私の方が、運動ができたのに、体も大きくなって筋肉がついたら、すべて追い抜かされてしまった。

「力、入れているつもりなんだけどなー」

「そもそも女性の体は男よりも筋肉はつきにくいしね。むしろぶれるのも考慮に入れて、狙いを下に定めてみたらどうだい？」

「なるほど。さすがクロード」

感心して修正を試みる。たしかに、すばやく動く獲物にあてるにはまだまだの腕前だが、先ほどよりはいい位置に矢が刺さるようになってきた。

「やった！」

「リンネは筋がいいね」

「ティンティン！」

クロードに褒められ、ソロに喜ばれて、私はご機嫌だ。新鮮な肉はなんでもおいしいけれど、自分でしとめたと思えばなおうれしい。

「クロードの教え方がいいんだよ。ありがとう」

「どういたしまして」

仲よくクロードと話し込んでいると、レオが急に馬の向きを変えた。

「今日は、この辺にしようぜ。あっちの雲行きが怪しい」

なぜかムッとした表情で、遠くを見ながらレオが言う。

「ああ、本当だね。久しぶりにリンネと遠出できるから、楽しみにしていたのに」

「私も。クロードと会えるの楽しみにしてたよ。次はいつ会えるかなぁ」

私とクロードはほのぼのとしているのに、レオはますます膨れて「行くぞ」と先に行ってしまった。

なんなの。今日は機嫌が悪いな。

「……やきもちかねぇ」

「なにが？」

「いや？　それよりリンネ。今日は夕食も食べていくだろう？　さっきのウサギを早速調理してもらおう。伯爵には、僕からリンネは遅くなりますと伝えておくよ」

「うん！　わーい、楽しみ」

「ティン、ティーン！」

ソロも賛同してくれる。興奮して落ちそうになったソロをかかえなおし、クロードの後を追って馬を走らせた。

クロードと共に城に入った私は、調理場へ向かう彼と別れ、指定された応接室に向かった。

「ティン！」

途中でソロが鼻をクンクンとさせたかと思うと、空き部屋に入り込んでしまった。慌てて追いかけると、その部屋の入り口で、先に帰ったはずのレオがうずくまっているのを見つけた。

「レオ？　どうしたの」

「……リンネか」

はあ、と大きく息をついた彼は、「ちょっとな。大丈夫だ」と顔を隠す。

どう見ても大丈夫という顔ではない。私は無理やり彼の腕を引っ張った。

「見せて。顔色が悪い。なにがあったの」

「なにもない。ただ、ちょっと母上のお茶会に招かれていた奥方たちと鉢合わせしただけだ」

城では夫人の情報交換としてお茶会も頻繁に開催される。すでに遠慮のない年齢の夫人たちは、レオが戸惑っていようが嫌がっていようが、おかまいなしに集団で彼を囲んだのだろう。

「とにかく部屋に入って休もう？　ほら、つかまって」

「いい。平気だ」

「遠慮しないの。真っ青だよ？」

肩を貸して彼を支えようとしたけれど、身長差がありすぎて、私ではまったく支えにならないことに気づいた。悔しくなった私はレオの頭を軽くたたく。

「なにをするんだ」

「うるさいな。支えられないんだから根性で立ってよ！　ほら、行くよ」

空き部屋を出て、応接室までレオを連れていくと、部屋の中でお茶の準備をしていたメイドたちが手を止め、慌てた様子で尋ねる。

「どうかなさいましたか？」

「レオは体調が悪いみたいなの。従僕を呼んでくれる？　寝かせてあげてほしいの」

「はい、リンネ様」

普段から、レオの身の回りの世話は、侍女ではなく従僕によっておこなわれている。メイドたちもそれを知っているので、すぐ請け負ってくれた。

従僕が来たタイミングで、彼に任せて一度部屋を出た。レオも介抱されている姿を見られたくはないだろうと思ったのだ。

手持ち無沙汰でふらふらと廊下を歩いていると、「レオ様？　どちらへ行かれました？」という声が、何重にも重なって遠くから響いてくる。

ははん。あれがレオの体調が悪くなった原因だね？

はしゃぐ声を聞いていると、悪気がないのはわかるし、親として結婚適齢期の王太子に自分の娘を売り込みたいのもわかる。だが、レオを苦しめる彼女たちを、許す気にはなれなかった。

「ティン？」

「ソロ。奥様方を追っ払ってくるから、ここで待っていてね」

ソロを連れていると夫人たちはうるさいだろうと判断し、待っているように念を押す。理解したのか、ソロはその場でお座りをして、尻尾を振った。

私は、声をたどってホールに出た。そして見つけた五人の女性の前に、立ちふさがる。

「ごきげんよう、奥様方」

「あら、エバンズ伯爵家のリンネ様。ごきげんよう。今ね、レオ様を捜しているのですけど、居場所をご存じありません？」

「レオ様でしたら、調子が悪いとおっしゃって部屋に戻られました。誰かさんたちのお化粧の香りが強いからでは？」

「まあっ」

夫人たちの顔にさっと赤みが差す。そして悔しそうに私を睨んだ。

「リンネ様はお噂通りの方なのですね。不躾で、いつもレオ様を独り占めしているのだと娘から聞きましたわ」

「独り占めしているつもりはありません。ただ……」

レオが平気な女性が私しかいないんだから仕方ないでしょう、と言いたいけれど、そんな事実が知られたら、王太子としての今後がまずい。

だから言えない。そして今、この集団を遠ざけようと思えば、私が嫉妬で彼女たちを蹴散らしたと思わせるしかない。

「ご令嬢たちは、自分たちが声をかけられないことを、ひがんでおられるのではなくて？」

「まあっ、ひがむなんて。レオ様はほかの女性を知らないから、リンネ様ばかりを大事にするのよ。……そう差し向けてらっしゃるんでしょう？　根回しがお上手ですこと」

嫌みのカウンターアタックがきた。さすがご夫人方。娘たちとは違ってただやられているだけではないらしい。

ああ、もう。レオのせいで、私の評判は最悪だよ。

はあぁぁ、と深いため息をついた次の瞬間、「これは奥様方」と低い声が聞こえてくる。

「お帰りだったのでは？　馬車が門前でお待ちしておりますよ」

「あら、オールブライト公爵子息のクロード様。……失礼、こちらのお嬢様があまりに非礼なことを口にするものですから、少し注意していたのですわ」

「そうですわ。たかが伯爵令嬢が王太子様にまとわりついて」

夫人たちは口もとを扇で隠しているから、鼻から上しか見えないけれど、目だけでも私をさげすんでいるのがわかる。わかりやすすぎて、いっそ好感が持てる勢いだ。

「おや、ご存じありませんか？」

クロードは笑顔で彼女たちの批判を受け止めると、すごみさえ感じさせる低い声を出す。

「リンネ嬢は、今度正式にレオ王太子の婚約者となります。無礼なのはどちらでしょう。次期王太子妃に、あなた方はなにをおっしゃったのですか？」

「え？」

途端に夫人たちは顔を見合わせる。「噂じゃなかったの？」とか、「まさか本決まりなんて」とささやく声も聞こえるから、娘たちから噂ぐらいは聞いていたのだろう。それでも信じていなかったということか。

「ま……まあ、そうなのですか。それはおめでとうございます」

取り繕った笑顔を向けられて、ちょっと気味が悪い。それでも面倒くさいこの集団が消えてくれる方がありがたいので、私も笑顔を絶やさなかった。

「さあ、門前がつまるので、お早くご移動をお願いします」

うまくクロードが彼女たちを追い払ってくれ、私はホッとひと息ついた。

「リンネ、お待たせ」

夫人たちを衛兵に任せたクロードが戻ってくる。

「クロード。助けてくれてありがとう」

「どういたしまして。べつに僕が入らなくても、リンネひとりで蹴散らせそうだったけどね」

その言いっぷりに笑ってしまう。毒のある発言をするのだけど、笑顔のせいなのか物腰がやわらかいせいなのか、人に悪い印象を与えないところはすごいな。

「でも、いつまでもこんなふうに追い払ってたらいけないよね。レオだって、いつかはお嫁さんもらわなきゃいけないんでしょう？　ほかに兄弟はいないんだし」

レオは王太子なのだ。跡継ぎが絶対に必要な立場なのだから、いつまでも女性恐怖症ではまずい。

「だからリンネと婚約したんじゃないの？　王妃様がすごくうれしそうに話していたけど」

「でも、あれは学園での女よけのためでしょう？　レオがしかるべき女性に会えたら、解消されるんだよ？」

真実を言ったのに、クロードは変な顔をする。なんか、話の通じない馬鹿な子を見るような痛々しい視線だ。

「リンネはそう思うんだ？」

「うん。でも女よけがいても、学園に行けば嫌でも今よりは女生徒と触れ合うことになるし。少しはリハビリになるよね」

「……リンネはそれでいいんだ？」

問われた意味がわからず、私は小首をかしげる。すると、クロードは一瞬困ったような笑顔を浮かべたが、切り替えたように明るい声を出した。

「いや、なんでもないよ。それより、応接室へ行こうか」

「あ、そうだ。レオが倒れちゃったんだよ。さっきの夫人たちに囲まれたらしくて」

「そうだったのか。……もっときつく言えばよかったかな。じゃあ様子を見にいこう」

私は途中でお利口に待っていたソロを抱き上げ、クロードと共に応接室へと向かった。レオは自室には戻らなかったようで、応接室のソファで横になっていた。様子を見ていた従僕が、私たちが来たことに気づいて、すっと場所を空ける。

「どこに行っていたんだ、リンネ」

レオはさっきよりずっとすっきりした様子だった。体を起こし、私に隣に座るように言う。

「レオ、夕飯食べられそう？」

余計なことを教える必要もないだろうから、私は話を変えた。

「ああ。ココテインを飲んだら、よくなった。あれは本当にすごい飲み物だな。ところで、夕食はリンネも一緒に取るんだろう？」

「もちろん。でも無理はしないでね。食べきれなかったら私が食べてあげる！」

「……お前、それ自分が食べたいだけじゃないのか？」

ツッコミには笑顔で返す。半分くらいは本気だったけど、レオの心配もちゃんとしているのだ。信じてほしい。

私が王妃様に呼び出されたのは、それから数日後だ。

「一度ゆっくりお会いしたかったの。リンネさん、レオとの婚約、よく心を決めてくれたわね」

目を潤ませて言われると、さすがに罪悪感が湧く。

王妃様は、政変のときにレオの身に起きたことをとても気にしていて、それ以来、自分にさえ心を開いてくれなくなった息子を、どう扱っていいのかわからなかったらしい。

レオが私に触れられるという事実があったおかげで、将来への希望を持てたのだと涙ながらに語られた。

「もっと早くから婚約者として優遇したかったのに、レオったらあなたの気持ちも考えてほしいって。でもようやく了承してもらえてうれしいわ。あなたにとっても、引きこもりの王太子の婚約者は気乗りしなかったでしょうに」

婚約の話は、てっきりレオが思いつきで言いだしたのかと思っていたけれど、この話を聞くに、王妃様や陛下の間では前から相談されていた話のようだ。

「あの子の腕の呪文、リンネさんはご覧になったことある？」

「はい。昔、殿下から見せていただきました」

「そう。それでも婚約を了承してくれたのね。本当にうれしいこと。あれを消したくて、いろいろな施術師を呼びつけたのだけれど、全然消せないの。ダンカン様やジェナ様の恨みが残っているようで、今も怖くてたまらないわ」

「そうですね」

王妃様は顔をゆがめ、軽く体を震わせる。なんてたおやかで繊細そうなんだろう。私は彼女を元気づけたくて、笑ってみせた。

「きっと大丈夫ですよ。レオ様はずいぶんお強くなりましたもの。誰かの恨みに、負けたりしません」

「そうよね。ありがとう、リンネさん。あなたがレオのお妃になってくれれば私も安心だわ。本当にうれしい」

王妃様が近寄ってきて、私の手を握ってくれた。一介の伯爵令嬢が受けるには過大な歓迎に、私の心臓はバクバクしてくる。

優しい王妃様を騙しているのは気が引けて、婚約を受けた本当の理由を言いたい衝動にかられたけど、なんとか口を噤んだ。お詫びの気持ちを込めて、王妃様の心が晴れやかになりますようにと願う。

すると、私の手に『手当て』をするときのように、熱が集まってきた。そして、王妃様の手にすぅと吸い込まれていく。

「今……なにか光らなかった？」

「気のせいですよ！　それより王妃様、考え方を変えてみればいいと思いませんか？」

力のことをごまかすために、私は慌てて話を切り替えた。

「レオ様の腕の呪文だって、見ようによっては格好いいですし。なんなら、上からさらに加工して、新しい文様にしてしまうのはどうです？　そうしたら不幸な事件の象徴ではなく、克服の証としてとらえられるかもしれません」

王妃様は目を丸くして、私の話を聞いていたが、やがて、うふふとかわいらしく笑った。

「リンネさんはおもしろいことを思いつくのね。あなたとお話ししていると楽しいわ。憂いが晴れて、元気が湧いてくるもの」

そして、次の瞬間、ふっと真顔になる。

「リンネさん。クロードから、婚約のことを知らない貴族たちが、あなたに嫌がらせをしていると聞きました。だから早めに発表してしまおうと思います。一週間後、お披露目の夜会を開きます。時間がないからドレスは既成のものを手直しするだけになるけれど、予定を空けておいてね」

「え？　いや、お披露目までは……」

「大丈夫よ。衣装のことなら心配ないわ。お嫁さんになる人のドレスですもの。こちらで用意するわ。明日、私と一緒に選びましょうね」

――そんなこんなで、当事者である私の気持ちを置き去りに、本格的な夜会の準備が、着々と進んでいった。

王妃様から直接相談されたらしいお父様はノリノリだ。

「王妃様は、それはお喜びだぞ」

ご機嫌で言われたけれど、祝福されればされるほど、いつか解消するときが怖いんですけど。お父様だって、婚約解消の暁には、どれほど落ち込むだろう。権力に弱くて調子いいところもあるけれど、なんだかんだいって、私はこのお父様が好きなのだ。ああ、安請け合いなんてしなければよかった。


婚約お披露目の日は、学園も休みだった。

だからなのか、王都に住む貴族は、学園の学生も含め、ほぼ全員呼ばれていた。王妃様の張り切りぶりが目に浮かんで、もはや笑うしかない。

王妃様が選んでくださったドレスは、春の若葉を思わせるような緑だ。かわいらしい色合いのドレスが主流の昨今、これを選ぶ王妃様は、センスがあるのだろう。もともとそういったセンスに自信のない私は、すっかりお任せ状態だ。

着替えのために王城入りしたのが三時間前。まず風呂に入れられ、髪から爪の先までしっかり磨き上げられる。それからローションでお肌を整えられて、その後は補正下着が登場し、しっかり胸の谷間と腰のくびれをつくられた。

さらに、ドレスを着せられ化粧をほどこされ、宝石で飾られる。仕上げとばかりに香水を振りかけられた。

「リンネ様のお体は無駄なお肉がありませんわね」

「本当に。引き締まった足は隠すのがもったいないくらいですわ」

そう褒められるのはやぶさかではない。鍛えた甲斐があるってもんです。

そんなふうにきゃわきゃわと楽しそうな侍女さんたちを眺めていたら、時間はあっという間に過ぎた。そして、できあがった自分の姿を鏡に映し、私はため息を漏らす。

「すごい。お化粧って上手にやればこんなふうになるんだー」

この国の女性は、学生であろうとも、十六歳くらいから社交界デビューし、十八歳くらいまでに結婚相手を見つけるものだ。

学園を卒業するのと同時に結婚するのが、スタンダードな令嬢人生なので、学園で相手を見つけられなかった場合は、夜会に出席して婿探しをしなければならない。

実際、夜会への招待状は、私のもとにも山のように届いていた。

でも私は、昼間レオとランニングして疲れているし、着飾ること自体に興味がないので、招待状は無視し続けていた。お父様やお母様が文句のひとつも言わなかったのは、レオの存在があったからだろう。

だから、まともにパーティ用のドレスを着るのは初めてで、予想以上の出来栄えに、自分でもうれしくなっていた。

「リンネ様。レオ様がお越しです」

部屋付きの侍女にそう言われ、私はもう一度鏡の中の自分を見つめる。普段ならばなんとも思わないのに、今日はなんだか褒められたい気分だ。

「入ってもらって」

「はい」

侍女が扉を開けると同時に、飛び込むようにレオが入ってくる。五人いた侍女が五人とも一瞬見とれて、慌てて頭を下げた。

私も、一瞬だが見とれてしまった。

今日のレオは格好いい。ひと目で上質な生地で仕立てられたとわかるジュストコール。カフスボタンには王家の紋章が彫られている。ベストもズボンも同素材のものでいわゆる三つ揃えというスタイルだ。

ずっと一緒にいるからか、最初に出会ったときの〝細くて弱そうな少年〟のイメージが抜けないけれど、すっかり背も伸び、肩もがっちりして胸板も厚い。美形で逞《たくま》しい肉体の持ち主とか、レオでなければときめく要素満載だ。

私が観察している間、あっちも言葉なくこちらをじっと見ている。

「レオ？」

「あ……、ずいぶん化けたな。見違えた」

「そっちこそ」

私たちの会話に、侍女さんたちが目をむいている。

たしかに紳士が令嬢に言うセリフでもなければ、返答もおかしいかもしれない。私たちの間じゃ通常運転の会話だけど。

……でも、今日は私も、ちょっとだけがっかりしてしまった。

これだけ綺麗になれたんだもん。もうちょっと褒められるかなぁなんて期待していた。そんなふうに思う自分にもびっくりするけれど。

「今日は、ソロはどうした？」

「屋敷で留守番させてる。来たそうだったけど、人も多いしパニックになるから駄目って言ったら拗《す》ねちゃった」

耳が下向きにたれた背中には、かなりうしろ髪を引かれたけれど、仕方ない。

「まあ仕方がないな。それより、……ん」

レオは、腕を差し出してきた。

「なに？　もう時間？」

「その前に、俺の部屋に行こう。軽食を用意させた。しばらくは挨拶だなんだと食事を取る暇がないからな」

「え！　それは駄目。おなかが鳴っちゃう」

私はおなかを押さえる。すでにちょっとすいてきているのだ。

「そう言うと思ったからだよ。クロードも待ってる。行くぞ」

「うん。あ、侍女さんたち、ありがとう！」

ひらひらと手を振って、部屋を出る。そんな私を、レオは怪訝《けげん》そうに見ていた。

「侍女に礼などいらないだろう？　仕事だ」

「私にはこんなお化粧できないし。やってもらってうれしいからお礼を言っただけだよ。変？」

「変じゃないが。……ていうか、うれしいのか、着飾るの」

「綺麗になったらうれしくない？」

私はあたり前のことを言ったつもりだったが、レオは意外だったようだ。

「運動する方が好きなのかと思っていた」

「運動も好きだけど、着飾ってお化粧してもらって、綺麗になるのだってうれしいよ？」

「……そうか」

ポリポリと頭をかきながら、レオが微妙な視線を私に向ける。

なんなのだろう。その程度で喜ぶなってこと？　そりゃ、レオみたいな美形ならいつでもちやほやされるのだろうけどさ。これだけ変身したら、テンション上がるでしょう、普通。

話をしていたら、あっという間にレオの部屋に着いた。中には、クロードがいて、私を見ると笑顔で迎えてくれる。

「やあ、リンネ。今日は素晴らしく綺麗だね。いつもは野に咲く花のようだけど、今日は大輪の薔薇《ばら》のようだ」

「大げさだよ、クロード」

女性の褒め方としては最高点をあげたい。レオより先にクロードに会いたかった。

「あ、おいしそう」

用意されていたのはサンドイッチだ。ハムやレタス、サラダを挟んだものもある。

「いただきます！」

時間も限られているので、遠慮せず次々といただくことにする。

「あ、果物が入っているのもある！　やった。これ大好き」

勢いよく食べていたら、正面にいたクロードがくすくす笑う。

「相変わらずリンネは度胸があるね」

「どひょう？」

口の中が食べ物だらけで、滑舌が悪い。だがクロードは気にした様子もなく続けた。

「これからお披露目だというのに、そんなに食べられるのはたいしたものだよ」

「なにも考えていないだけだろ」

褒めてくれたクロードとは対照的に、冷たいことを言うのがレオだ。

「せっかくレオのためにがんばっているのに、ひどいと思わない？　クロード」

「本当にねぇ」

クロードが合いの手を入れてくれるので、私は調子に乗った。

「そうだよ。この婚約、私にはあんまりメリットないんだからね？　レオに好きな人ができたら解消されてさ。私はもらい手がなくなるわけ」

「大丈夫、リンネ。そのときは僕がもらってあげるよ」

その場のノリでうなずきそうになったけれど、クロードだって公爵家の跡継ぎだ。年齢的にも、もう結婚していてもおかしくない。王太子の下げ渡しの私じゃなくて、さっさと良家のご令嬢をもらえばいいよ。

「クロードの年なら、早く結婚しなさいってせっつかれているでしょう？　私のことなんて心配していないで、さっさと結婚するといいよ。私はひとりになったら旅にでも出るから平気」

転生してから八年。なんとかこの世界で無事に生きてきた。すでにふたつの人生を歩んだことで、私は満足している。ちょっと気が早いけど、あとは余生としてのんびり暮らしてもいい。

「女性がひとり旅なんて危ないよ」

「平気よ。鍛えているもん」

「くだらないこと言っていないで行くぞ」

レオがムッとした表情で腕を差し出してくる。慌てて口に残っていたサンドイッチを飲み込み、レオの腕を握ると、クロードがナプキンで口もとを拭いてくれた。

「はい。口紅は塗りなおしてもらった方がいいね。……悪いが、リンネの侍女を呼んできてくれる？」

クロードの指示に、その場にいたメイドが動きだす。

さすが、クロードは気遣い屋さんだよね。

私が感心して見ていると、クロードはなぜだかレオに挑戦的な視線を向け、笑っていた。対するレオはムッとしたように口をへの字にしている。

なんでこのふたりは剣呑とした雰囲気になってるの？

やがてエリーがやって来て、口紅を塗りなおそうと私の前に立つ。

レオと組んでいた手を離そうとしたら、なぜだかレオに、上から手で押さえられた。

「離してよ、レオ」

「組んだままでもいいだろう。どうせ直すのはお前の侍女だ」

エリーが近づいたら、レオの気分が悪くなるから離れようとしたのに、とんちんかんな回答をされる。

口紅を塗りなおしてもらいながら横を見ると、案の定、口もとを押さえているではないか。

もう、馬鹿なんじゃないの。

「その調子で、お披露目会の間、我慢できるの？」

「お前がそばにいれば女は寄ってこないだろ」

「そうかなぁ」

お祝いの席なんだから、まったく来ないなんてことはないと思う。

これ以上、レオの体調が悪化しないために、お披露目会でも女性陣が近づかないように、精いっぱい悪女を演じなければならないらしい。


夕方五時の鐘の音と共に、お披露目会が始まった。

主役である私たちは、招待客が集まった後、満を持しての登場だ。

「本日は我が息子、レオの婚約者を紹介する。エバンズ伯爵令嬢リンネ殿だ」

陛下のとうとうとした声と共に扉が開かれ、結婚式場で入場する新郎新婦のように少しずつ前に歩きだす。顔を上げれば、広間に集まった貴族たちが、いっせいにこちらに注目しているのが見渡せる。

女性陣からは、予想通り、この程度の令嬢とどうしてという感じの嫉妬交じりの視線を受けた。前世の凛音に比べれば美人ではあるが、誰もがうらやむ美貌の持ち主とまでは言えないので、申し訳ないとは思うけど、やむにやまれぬ事情があるのだから許してほしい。男性陣はとくに思うところがないのか、好意的な拍手と笑顔で迎え入れられた。

中央に向かって歩いていく途中で、右手側から一風違った視線を感じ、私はそちらを見た。

そこにいたのはローレンだ。燃え立つような赤毛に、胸の大きさと腰のくびれがきわ立つデザインの、エメラルドグリーンのドレスがよく似合っている。笑っていない琥珀色の瞳は、宝石のようにきらめきながら、鋭い光を放っている。

綺麗だな。本当は、こういう子がレオの隣にいるといいんだろうなぁ。

見とれていたら、彼女はぷいとそっぽを向いた。

常に多方面の令嬢から嫌われているので、気にはしていないけれど、ローレンには最初から親切にしているつもりなので、なぜ嫌われるのかわからない。

「リンネ、どこを見ている」

不満げにレオに言われて、彼に耳打ちしようと顔を上げた。意図を察したのか、少し体を屈めて、耳の位置を低くしてくれる。

「レオ、あそこにローレン様が」

「ああ。成金の子爵令嬢程度がよくこの場に潜り込めたものだ」

子爵位はたしかにそこまで高くはないが、王都に居を構える貴族であるならば呼ばれるだろう。資産家であるならなおさらだ。

「招待されたからここにいるのに決まってるでしょう？　レオ、ちょっとローレン様に冷たくない？　レオの復学と同じ日に転入してきたんだし、他学年といっても面識あるでしょう？」

「あの程度の面識でなれなれしくされるのが気に入らない。『あなたを救えるのは私だけだ』などと、妄言を吐くしな」

「へぇ」

それは初耳だ。私の知らないうちに、ローレンはレオにコンタクトを取っていたらしい。

美人なのに、レオのお眼鏡にはかなわないのか。逆かな。美人すぎるから駄目なのかも。女性が苦手なんだから、私みたいに女らしくない方が安心できるのだろう。

気になってじっとローレンの方を見ていたら、レオに顎を掴まれ、正面を向かされた。

「あんな子爵令嬢ごとき、お前が気にすることはない」

レオが腰をかがめて私を見つめているから、まるでキスをする直前のような距離感になっている。当然、周囲はざわめいた。

こんな姿を見ていれば、レオが女性恐怖症だなんて周りは思わないんだろうなぁ。いいのだか悪いのだか微妙なところだ。

私はこっそりと彼の手の甲をつねり、「嫌だわ。人前でおやめくださいな」と優雅に笑ってみせた。

そのやり取りは、親密さを誇示することになってしまったようで、さらにどよめきが増す。

あぁー、知らないよ。

レオはつねられた手をじっと見つめると、なぜか頬を染め、赤くなった手の甲に自らの唇をあてる。妙に色気のある表情に、私だけじゃなく、会場中の令嬢たちが目を奪われる。

「よそ見しているからだ」

口端をつり上げて笑うレオに、令嬢たちはきゃああと歓声をあげた。

私たちの仲睦まじい様子に、敵対するよりも親しくした方が得だと思ったのか、そこから、お祝いを告げる人がひっきりなしに集まる羽目になってしまった。

その中には令嬢たちも含まれていたため、早々にレオの顔色が悪くなる。

仕方ない。この場から逃げよう。

「申し訳ありませんが」

私は顔に扇をあてたまま、立ち上がる。

「人の多さに疲れました。キンキン声に頭痛がしますの」

「まあっ」

私のセリフに、令嬢たちが顔を赤くして睨んでくる。

「レオ様、ご挨拶はこのあたりでよろしいんじゃありません？」

「あ、ああ」

私はそう言い、吐き気で言葉少なになっているレオの腕を引っ張って、その場を抜け出す。

背中に、「どうしてレオ様はあんな女性を選んだのかしら」なんて声も聞こえてくる。

ええ、そうですね。もうちょっといい言い方があっただろうとは私も思います。

だけど、中座するいい言い訳なんて私には思いつかない。令嬢のわがままってことにしておくのが、一番角が立たないと思うのだ。

私だけじゃなかった

お披露目会の後、私には一方的な友人が増えた。

これまでは私に近寄ろうともせず、裏でこそこそ言っていた令嬢たちが、正式に王太子の婚約者となった途端にすり寄ってきたのだ。

そんな人たちを友人だとは思えない。どうせ、目の前から私がいなくなれば、今度は悪口大会に転じるに決まっているのだから。

群がる令嬢たちに辟易した私は、授業が終わり、みんなが帰り終えるまで校舎裏に逃げるようになった。現在私が通う高学年用の校舎の裏手にはビオトープがあり、それを見渡せる位置に、ベンチがある。そこはいつも人がいない、絶好の隠れスポットなのだ。

しかし、その日は先客がいた。ビオトープを見通せるベンチに、赤毛の令嬢が座っている。あれはきっとローレンだろう。こちらに背中を向けているからか、私には気づいていないようで、ぶつぶつと独り言をつぶやいている。

「おかしいな。この間婚約発表があったんだから、レオ様、ここを通るはずなんだけど」

盗み聞きしているようで非常に心苦しいけれど、意外と声が大きくて耳に入ってくる。

「リンネ……あの悪役令嬢とレオ様、だいぶ仲よさそうに見えたけど、どうしてだろう。今の時点では、レオ様はどの女の子にも興味ないはずなのに」

そこに自分の名前が出てきて、私は思わずしゃがみ込む。

「とにかく、今みたいに避けられているんじゃなんにもできない。どうしよう。転入するのも遅れちゃったし、神獣には会えないし、どうなっちゃってるの？　ああ、推し！　推しに近づきたい」

彼女の言動のおかしさがとても気になる。〝推し〟とか〝悪役令嬢〟は、この世界では一切聞いたことがない言葉だ。私が知っているのは、琉菜が使っていたからだ。

……もしかして、私のほかにも、日本からこの世界に転生した人がいるのかな。

あり得ないことじゃない。なんといっても私という転生例があるのだから。

そしてローレンも転生令嬢だとしたら、言動のおかしさは理解できる。

どうしよう。聞いてみる？　違ったらすごく痛い子だって思われそうだけど。……今さらか。

嫌われているんだから問題ない。

「あの、ローレン様」

「ひぃえぇえっ」

ローレンは令嬢とは思えない悲鳴をあげ、振り向いて私を見つけると、一気に青ざめる。

「リ、リンネ様。いつからそこに……」

「えっと、ちょっと前からなんですが」

「そ、そうですか、あの、では私はこれで！」

ローレンが立ち上がり、逃げるように走りだした。しかし、令嬢の小走りに追いつけない私ではない。

「待ってください、ローレン様」

「早っ。な、なんですか」

うん。動転して言葉遣いがおかしくなっている。躊躇《ちゅうちょ》なく走りだしたところから見ても、少なくとも生粋の令嬢ではないな。

「日本」

ぼそりと言うと、ローレンがあからさまに体を震わせた。

「な……なんとおっしゃいましたか？」

「やっぱり反応してるよね？　日本のこと知ってる？　私、八年前から日本の女子高生の記憶があるんだけど」

思いきって言ってみると、ローレンはぽかんとした後、震える指を私に向けた。

「え？　嘘。いるの？　ほかにも？」

「そこでの名前は赤倉《あかくら》凛音っていうんだけど」

「リンネ……凛音？　嘘でしょ？　私、琉菜だよ？」

「……琉菜？」

信じられない思いで呼びかけると、ローレンは目を見張り、私の腕を掴んでベンチまで引きずっていく。

あ、この動きに既視感あるよ。自分の話をしたいときに、強引に腕を引っ張るの、琉菜がよくやってた。

「本当に凛音なの？　悪役令嬢のリンネ様じゃなくて、赤倉凛音？」

「うん。そっちこそ、本当に琉菜？　じゃあ私たち、あのときに一緒に転生しちゃったの？」

「私もローレンが八歳のときに転生したの。あれ、なんなんだろうね。意識だけがローレンの中に入ったかと思えば、ローレンの記憶がどーって入り込んできて。だからローレンの記憶はあるんだけど薄いっていうか……まるで琉菜がローレンを乗っ取っちゃったみたいな」

「わかる！　私もそんな感じ」

体は間違いなくリンネで、記憶もあるんだけど、頭がまるきり赤倉凛音のものなのだ。

この特異な感覚を理解してくれるのは、同じ体験をした人でしかありえない。

この子はたしかに琉菜だ！　私だけじゃなかったんだ。

実感した途端に、体中から力が抜けた感覚があった。この八年、自分なりに起きてしまった出来事を受け止めて、なんとかやってきたけれど、誰にも相談できないのはかなりつらかった。

ようやく同志に会えたという現状に、心の底から安堵する。

へなへなと座り込み、ローレンの手をギュッと握る。

「よかったぁ。ずっと心細かったんだよ。こんなこと起きてるの私だけと思って。琉菜がいてくれてよかった」

「しっ、私はもう琉菜じゃないよ。リンネは混乱しなくていいよね。まさか同じ名前の悪役令嬢に転生するなんて」

「悪役令嬢？」

さっきも独り言で琉菜が言っていたけれど、〝悪役令嬢〟というのがなにを指すのか私にはわからない。

すると、ローレンはきょとんとした顔で私を見つめ、しばらく考えた後、思いついたように手を打った。

「もしかして、リンネ、気づいてない？　ここ、『情念のサクリファイス』の世界だよ」

「情念……？」

なんとも中二病満載な名前に頬をひくつかせると、ローレンは得意げに胸を張った。

「ほら、トラックにぶつかる直前に話していた小説の。いやー気づいたときは震えたよ。まさか私が主人公のローレンになってるなんて」

私はあのときの会話を思い返した。

赤毛の令嬢、私と同じ名前の悪役令嬢、かわいいもふもふ。

たしかに、同じものがこの世界にもある。だけど、小説って転生先になるの？

「物語に転生するっておかしくない？　作り物じゃん」

「ちっ、ちっ、ちっ。物語は生きてるんだよ。それが証明されたんだよ、すごくない？」

たしかにすごいとは思うけど、私には理解できない。

物語とは、最初と最後が決まっているものだ。作者でもない限り、その物語を変えることなどできない。だから、小説の登場人物は、生きているというより、決められた筋書きを演じているのではないのだろうか。

私、普通に意思を持って暮らしているよね？　演技なんかしてないよ。

次に起こることも、正しい選択肢も知らない。自分が正しいと思う方に向かって生きているだけだ。それでも、小説の通りになるの？

考えていたら頭が熱くなってきた。そろそろパンクしそうだ。無心になるために走りたい。

残念ながら私は、わからないことにいつまでも悩める頭は持っていないのだ。

「ローレン、走ってきてもいい？」

「は？　いきなりなに？　駄目だよ、まだ話が終わってないでしょ？」

「くっ」

駄目出しをされたので、仕方なく、私はその場で足踏みをすることにした。ローレンが怪訝そうなまなざしを向けてくるけれど、知ったことではない。

「いまいち理解できないんだけど、その小説の中で私は悪役の令嬢ってこと？」

「そう。リンネは王妃様を騙して取り入って、レオ様の婚約者の座を手に入れるの」

騙してはいないはずだ。婚約に関してはあちらが言いだしたことだし、私は破棄するための言質もちゃんととっている。

「小説のリンネはレオ様に執着してってね。彼が小さな時からどんな令嬢が近寄ろうとしても邪魔してくるんだよ。実際、そうでしょ？」

たしかに、邪魔はしてきた。でもそれは、女性恐怖症のレオのためだったんだけど。

「私は意地悪されるのが嫌だから、リンネには近づかないようにしてたんだよね」

「どうりで様子がおかしいと思った。意地悪なんてしないのに、いつも逃げ腰なんだもん。でも、私がレオに執着してるっていうか、その……」

レオが、女よけに私をそばに置きたがるのだ。……とは、言えない。女性恐怖症を隠すのは王命だもの。うっかり口をすべらしそうになって、慌てて言葉をのみ込んだ。

「えっと、ほら、レオにも他人に知られちゃいけないことがあって……人が近寄らないようにしてるだけ」

「わかってる。レオ様の腕の呪文のことでしょ？」

「えっ。なんで知ってるの」

私は驚いて、ローレンに掴みかかってしまった。

「ちょ、リンネ。唾かかってる、汚い！」

「あ、ごめん」

彼女の服を離して、コホンと咳ばらいをする。ローレンは、顔をハンカチで拭いた後、できの悪い生徒をたしなめる先生のように、あきれたまなざしを私に向ける。

「だーかーらー。ここは小説の世界なんだって。私は小説をラストまで読んだから、これから起こることが全部わかってるんだよ。まあ、細かいところのズレはあるみたいだけど、大筋は変わらないみたいだし。呪文を書かれた経緯も、最後に呪文が消えることも知ってる」

「消えるの？」

「消えるよ。決まってるでしょ。最後はハッピーエンドじゃなきゃ」

ローレンはさも当然、という様子で続けた。

「小説では私が消すの。腕の呪文は、毎日レオ様の血を吸い込んで進行して、胸に魔法陣を描くものなんだよ。魔法陣が完成するのが卒業式。発動すると悪魔が呼び出され、レオ様は殺されてしまうの」

「え？　悪魔？　進行って……。あの呪文、女性恐怖症になるだけのものじゃないの？」

私は焦った。思っていたのと違いすぎて、頭がパニックになる。

「違うよ。女性恐怖症は子供のときの一時的なものでしょ？」

あれ？　なんか話が噛み合わないな。

「ローレンがいう呪文って、左腕のものだよね」

「そう。リンネは見たことがないんでしょう。左の二の腕に入れ墨みたいに刻まれているの」

「それは知ってるけど」

詳しく聞いてみれば、やはり同じものを指しているようだ。

疑問は残るけれど、小説の筋書きを知っているのなら、ローレンの方が正しいのだろう。

「あれはね、ジェナ様が考え出した、血を吸収して成長する呪文なの。魔法の発動時期を遅らせるという特徴があって、自身がその場にいなくても、発動できるところが新しいんだよね。ジェナ様の目的は、ハルティーリアの王族を滅ぼすことで、自分たちの反乱が失敗したとしても、召喚魔法で呼び出した悪魔によって、本懐が遂げられるよう計画していたわけ」

「なにそれ、怖すぎる！」

悪魔を呼び出すなんて、半端なく危険な呪文じゃない。ジェナ様って物騒すぎない？

「ってことは、レオの胸には魔法陣が刻まれてるってこと？」

「そのはず。発動するのは卒業式だから、もう一年ないでしょう？　だいぶ進行しているんじゃないかなぁ」

私が腕の入れ墨を見たのは出会って間もない頃だ。その後も、何度か『手当て』を試したけれど、レオの意向で服の上からしていた。

あのときは、見られるのが嫌なんだろうなと思っていたけれど、実際は進行していたのを隠していたってこと？

知らないよ、そんなこと、レオもクロードも教えてくれなかった。なにも知らないで、のんきに『手当て』を試していたなんて、馬鹿みたいじゃない！

「確かめなきゃ」

「は？」

「琉菜！　いや、ローレン！　用事を思いついたから行くね。今度ゆっくり話しましょう。お茶会に招待するから必ず来てね」

「ちょ、リン……」

私はローレンの返事を待たずに走りだした。

レオのクラスに行ってみたら、すでに帰った後だったので、私も迎えの馬車に乗り、いったん伯爵邸へ帰った。そのまま着替えもせず、エリーを連れて、すぐに王城へと向かう。

完全に忘れていただけだけど、通行証を返してなくてよかった、と今さらながらに思った。

到着するやいなや、エリーを置いて私は駆け出した。

制服のまま出てきてしまったので、無駄に目立っている。さらに城内を走り回っていたため、通りすがるおじ様貴族から、咳ばらいをされてしまった。

ああ、城内で走っちゃいけないんだっけ。いやでも、こっちだって緊急事態だっての。

早足に切り替えてはみたものの、気が焦る私の足さばきは競歩なみに速い。使用人たちが何事かと目を丸くしている。

「あれ、リンネじゃないか。どうしたんだい？」

運よく、途中でクロードに出会えた。彼は、分厚い本や紙の書類を小脇にかかえて移動途中のようだ。私は行き過ぎてしまった足を戻し、クロードに駆け寄る。

「クロード！　レオはどこ？」

「レオなら、先ほど帰ってきたばかりだから、今は着替えているところじゃないかな。今日は国王様の執務の手伝いがあるから、すぐに執務室に行くと思うけど」

「じゃあ、部屋に行ってみるね！」

「あ、リンネ……行っちゃったか」

相変わらず淑女らしいとはいえない早歩きで、私はレオの部屋に向かう。

部屋の前には護衛の近衛兵がいた。ということは中にレオがいるのだろう。

私は愛想笑いを浮かべ、「レオ様にお目通りを願いたいのですけれど」と、さっきまでは捨てまくっていた令嬢らしさをかき集めて言った。近衛兵は、訪問予定を聞いていないことを不審に思っているようだったが、私がレオの婚約者だと知っているので、おうかがいを立てにいってくれた。

「リンネが来たって？」

すぐにレオが出てきて、私を中に入れてくれた。

「ごめんね。突然来て」

「リンネならばかまわないが、珍しいな。しかも制服のままで。どうした？」

「うん。あのね……」

私はあたりを見回した。近衛兵はふたりとも扉前の護衛に戻ったので、部屋の中には私とレオのふたりきりだ。年頃の男女が個室でふたりきりになるのは褒められたものではないが、私たちは婚約者という間柄だから、厳しく言われることはない。

これ幸いと、私はレオの上着のボタンに手をかけた。

「脱いで」

「は？」

レオが顔を真っ赤にして目をむく。まるで襲われる直前の女の子のように、自分の腕で胸を守るように自分を抱きしめ、信じられないものを見るような目でこちらを見つめた。

ん？　待って違う。誤解だ。

「そういう意味じゃなくて。腕を見せてほしいの」

「腕？」

今度は真剣な顔になる。鬼気迫る様子の私をじっと見つめ、「どうしたんだ、急に」と怖いもの見たさ半分な様子で問いかける。

「いいから見せて。なんでもないなら見せられるでしょ？」

レオには、回りくどい説明よりも、本当に伝えたいひと言が効く。彼は私の態度に、とても嫌そうな顔で、ため息をついた。

「どこで嗅ぎつけてきたんだ」

「いいから、早く。でないとはぐよ」

「お前は少し恥じらえ！」

面倒くさいので服を脱がそうとしたら、すごい瞬発力でよけられた。

べつに上半身の裸ぐらいなら、凛音時代に部活で散々見たから、こっちは気にしてなどいないというのに。

レオは上着を脱ぎ、シャツの腕をまくって見せた。

私はドキドキしながら彼の様子をうかがっていた。まくられた袖の陰から、赤黒い文字が見える。だが、それだけじゃなかった。文字からさらに赤い線が伸び、血管に沿って、肩の向こうまで続いている。

「気が済んだか」

「全然。シャツも脱いでよ。全部見えないじゃない」

腰に手をあてて、不満をあらわにしてみせると、レオは困ったように頭をかいた。

「見て気持ちのいいものじゃないし。密室でふたりきりで男に服を脱げっていうのは、あまりにもふしだらじゃないのか」

「そういう意味じゃないって、わかってるでしょ？　見せてよ！　なんで今まで私に黙ってたわけ？」

私はレオに近寄り、勝手に彼のシャツのボタンをはずした。

内緒にされていたことが、とてつもなくショックだった。この八年間、私はレオの女性恐怖症が治るように、そして、痛む腕もよくなるようにと、気を配ってきたつもりだ。なのに、こんな重大なことを隠しているなんてひどい。

「薄情者」

口に出したら泣きたくなったけれど、ここで泣くのはなんだか悔しいので、どすの利いた声で脅す。

優しくなんかするもんか。私は怒ってるんだから。そりゃ私はなにもできないし、どっちかって言ったら馬鹿だけど。弱音くらい、聞けるのに。

「俺がなにしたって言うんだよ」

レオは、途方に暮れた声でぼやくと、あきらめたのか、私にされるがままになっている。

シャツを脱がせてしっかり確認すると、細かい文字でできている細い線は、肩の三角筋を越えて、胸の方へ続き、最終的に、心臓の上に二重の円を描いている。円の中には文字が描かれているが、これはいかにも途中といった感じだ。

「なんなのこれ！」

「その前に少しは恥じらってくれ」

どうやらレオと私は気になるところが違うらしい。

「ふたりとも……なにしてるんだい」

「誰だ！」

突然声がして、レオが咄嗟に私を抱き込んで守る体勢を取る。裸の胸に頬が押しつけられる形となり、さすがの私も赤面した。

レオこそ、もうちょっと恥じらってほしい。

だが声の主はクロードだったようで、手はすぐに離された。

「なにをやってるんだい、レオ。いくら婚約者だからといって……って、リンネ、どうした？涙目じゃないか」

クロードが私の顔を見て、慌てて寄ってくる。レオもそこでようやく私の目が潤んでいることに気づいたのか、「待て。襲われたのは俺の方だぞ？」と弁明しだした。

「クロード。レオの体が……」

魔法陣のことを言おうとしたら、クロードは苦笑した。この反応を見るに、クロードはとっくに知っていたようだ。

「ああ。バレちゃったんだね。この魔法陣のこと」

「知ってたなら、どうして教えてくれなかったの？」

「レオに止められてたんだよ。知ったところで、どうこうできるものじゃないからね。線が伸びだしたのが三年前、魔法陣を描き出したのは二年前くらいからだけど、残念ながらこの魔術を止める方法も、魔法陣を消す方法も見つかっていないんだ。心配かけるだけなら教えない方がいいって」

私は思わずレオを睨む。

なにもできないなら余計、心配くらいさせてくれたっていいじゃないか。

レオは心底困ったような顔をしている。

「怒るな、リンネ。べつに悪気があって黙っていたわけじゃない。実際、この魔法陣が描かれているからといって、日常生活に支障があるわけじゃないんだ。痛みはあるが、ココテインを飲むと消えるから、困ってもいなかった。女性恐怖症以外の問題はないんだよ」

「それがあるんだよ。この魔法陣、完成したら悪魔を呼び出すんだって。レオ、悪魔に殺されちゃうんだよ。赤黒くなっているのはレオの血を取り込んでいるからだって……」

私の発言に、レオが眉をひそめる。

「悪魔？　なにを突拍子もないことを……」

「リンネ、それをどこで誰から聞いたんだ？」

クロードに真顔で詰め寄られて、はっと気づいた。

この話、言っちゃってよかったのかな。琉菜……じゃなくてローレンの許可も得てないのに……あぁ、私、やっちゃったかぁ？

「え、え、えっと、王妃様？」

「下手すぎる嘘をつくな。母上にはお前と同じ程度の情報しか流していない。魔法陣を描いていることなど知らないはずだ」

私は誰も知らないはずの情報を口にしてしまったらしい。どうしよう。

真っ青になり、助けを求めてあたりを見回すと、クロードと目が合った。アイコンタクトで助けを求めると、クロードは了解とばかりににっこりと微笑んだ。

「レオ、そんな怖い顔をしたらリンネが怯えるよ」

レオの背中を、クロードが軽くたたく。レオは肩に力が入っている自分に気づいたのか、はあと息を吐き出し、私から目をそらした。

目力で拘束されているような気分だった私も、ホッと息を吐き出した。

が、安心したのは束の間のことだ。

クロードは、レオをなだめた後、やわらかく微笑みながら私に諭すように言う。

「で、リンネ。君はこの魔法陣のことをどこで知ったんだい？」

穏やかに詰め寄られるのも相当怖い。うっかり言ってはならないことを言ってしまいそうになる。そういう点では、レオよりクロードの方が上手だったのだ。私は冷や汗が止まらない。

な、なんとかしてごまかさなくちゃ。

「それは、えっと、ほら、古代語？　そう！　古代語のこと調べていて」

「我が国の図書館に、魔術や古代語に関するものは残っていないよ。僕だって手に入れるのにどれだけ苦労したことか。そうやって入手したものも、王城の地下にある秘匿書庫に保管している。リンネがそこに入れたとは思えないな」

たしかに、ハルティーリアに魔術を扱う人間はいない。魔術は隣国でしか発展してないって言ってたはずだ。

ああ、本当にうっかりだ。私の馬鹿。万事休すだよ。

「えっと、だから、その……」

目をクルクルさせながら、必死でない知恵を絞りだそうとしていると、クロードからあきれたような深いため息が落とされた。

「リンネ、本当のことを言うんだ。君はいったいどこでそんな情報を手に入れたんだ？」

クロードの声は優しい調子ではあるけれど、まなざしは鋭い。

怒っているのかもしれない。でも、私のせいでローレンが罰せられては困るから言えない。

「誰かかばっているのかい？　だが、レオのことは国家秘密だ。魔法陣のことを知っているだけで、十分不審人物なんだ。君に情報を与えた人物に悪意があったとしたら、君も一緒に罰せられるんだよ？　わかっているのかい？」

そんなことを言われても困る。だって、言ったって信じてくれないでしょう？　この世界が小説なんですよとか。私だっていまいち信じきれてないもの！

困り果てた私をかばうように、目の前に手のひらが伸ばされる。レオが、私とクロードの間に入ったのだ。

「あまりリンネを追いつめるな、クロード」

「レオ」

さっきまでは、自分も詰問していたくせに、一転、かばう気になってくれたようだ。

「心配しなくても、リンネにそう難しい策略が練れるわけないだろ？　大方、誰かが言っているのをうのみにしているんだよ」

違った。さらっとけなされている。。

むうと頬を膨らませた私の頭頂に、レオのため息が落ちた。

「俺はお前を疑ってはいない。だから、ゆっくり話してみろ」

そう言われて、私はレオを見上げた。どうやら私がテンパっているのを察知してくれたようだ。彼が掴んだ肩から、体温が伝わってきて、徐々に落ち着いてきた。

言っても信じてもらえないけれど、信じてもらわなければ、レオを助け出す手段も考えられない。だから信じてもらえるような作り話を考えるのよ、私！

私は人生で一番じゃないかと思うほど、頭をフル回転させた。

「実は、先のことが見通せる人……預言？　そう預言者に会ったの」

なるべく事実から離れないように、慎重に言葉を選んだ。ローレンは、小説を読んでこの世界に起こるほぼすべてのことを知っているのだから、間違いにはならないだろう。

「うさんくさいな。誰だ」

「内緒にする約束で教えてもらったから言えない。未来が見通せるなんて知られたら、その人がどんな目にあうかわからないでしょう?」

「その情報が本当かどうか、どうやって判断するんだい? 少なくとも僕は信用できないよ?」

神妙な顔で語るクロードは間違っていない。誰の発言かもわからないのに、信用などできるわけがない。

「それは……そうだけど」

私が困っていると、レオがずずいと顔を近づけてくる。

「男か?」

「……え?」

「お前がかばっているのは男かと聞いている」

「ううん。女性よ」

「そうか、ならいい」

レオはそう言うと、二の腕のあたりを軽くたたく。

「そいつは、この呪文のことをなんと言っていたんだ?」

「レオ」

クロードがとがめるような声を出したが、レオは私に続けるように促した。

「いいんだ。俺はリンネを信用している。リンネが大丈夫だというなら、信用する」

「……そう。僕がなにを言っても、聞く気はなさそうだね」

あきれたようにクロードがつぶやく。なんだか険悪なムードにしてしまったようで、申し訳なくなってしまう。ふたりをケンカさせたいわけではないのに。

機嫌をうかがうような私の視線に気づいたのか、クロードはいつもの優しい顔に戻って、諭すように言った。

「じゃあ、リンネ。君が話せる範囲でレオの腕の呪文のこと、教えてくれるかな。裏づけは僕がとろう。ただ……君が信用できる人だというなら、その人にも助力をお願いしてほしい」

「うん。話してみる」

そうして私は、レオの二の腕に刻まれたものが時間をかけて魔法陣を形成していく呪文なのだと伝えた。

「お前が立てた仮説、だいたい合ってるじゃないか」

レオがクロードに促し、「あたってほしくなかったけどね」とクロードが受ける。

「魔法陣を描くことはだいぶ前からわかっていたから、魔法陣については調べてある。召喚魔法とか、転移魔法に使うものらしいんだよね。だから最悪、レオの魂を転移させるのかと思っていたんだけど。悪魔を呼び出すとは、もっと最悪があったな」

悪魔と言われても、魔術が広まっていないハルティーリアではいまいちピンとこない。

ただ、おとぎ話には天使と悪魔の話があって、悪魔は人間を常闇の世界へ連れていく存在だと言われている。

「リンネ、回避方法を、その人は知っているの？」

そう言われてはっとする。ローレンは、呪文は消せると言っていたけれど、具体的な方法は聞いてなかった。

そもそも悪魔は呼び出されないのか、それとも呼び出してから倒すのか。それもわからない。

もっと詳しく聞けばよかった。

私は自分の浅はかさにあきれる。レオが死ぬかもと思って、動転しすぎてしまった。

「もしかしたら知っているのかも。……詳しくはわからない。もっとちゃんと聞いてから話せばよかった。ごめんなさい」

中途半端な情報で、レオもクロードも振り回してしまった。自分の死が決まっているなんて言われたら、レオだってつらいに決まっているのに。

「いや、いい」

気にするなとばかりに、レオは私の頭にポンと手を置いた。

「先のことがわかれば多少なり対策は取れる。まったく無駄ではないんだ、リンネ」

「……本当？」

「ああ。だからその情けない顔をするのはやめろ」

「情けないってなによ」

なぜ私が慰められているのだろう。

おかしくない？　だいたい、レオはなんでそんなすました顔をしているのよ。ここはもっと嘆いたりしてもいいところなのに！

イライラして、私は思いきりレオの頬をつまんだ。

「いててて、なにするんだ！」

ようやく怒ったような顔が見れて、私はなぜだかホッとする。

「レオが泣かないからよ」

見上げたら、目尻をレオの指でぬぐわれた。目の周りが熱いとは思っていたけど涙まで出ていたらしい。

レオはふっと微かに笑うと、私に額を押しつける。私よりも体温が高いようで、じんわりと彼の熱が伝わってきた。そうしたら、無性に悲しくなってきた。この体がいつか冷たくなるかもと思っただけで、どうしようもない焦燥に駆られる。

「お前が代わりに泣くから、俺はいいんだ」

「それじゃあ、私はよくない」

声を出すたびに、目尻に涙が湧き上がる。嫌だ。涙なんて見せたくないのに。

私はそっぽを向いて、服の袖で涙をぬぐってごまかした。


「レオ様、陛下がお呼びです」

しばらくすると、侍従がレオを呼びにやって来た。

「後で行くと陛下に伝え……」

「いいよ、レオ。行きなよ。私はもう帰るから」

レオが、陛下との約束を遅らせようとするので、私は慌てて立ち上がる。約束もなくやって来た私のせいで、陛下をお待たせするなんてとんでもない。

「だが……」

「リンネは僕が馬車まで送っていくから、レオは行きなよ」

レオは渋ったが、クロードにそう言われて、あきらめたように立ち上がった。

「わかった。クロード頼むな。リンネ、気をつけて帰れよ」

そう言い、名残惜しそうに部屋を出ていく。

「やれやれ、過保護なもんだ」

クロードはくすくす笑っていたが、いつもよりも表情は冴えない。彼は彼で、私のもたらした話がショックだったのだろう。

並んで廊下を歩きながら、クロードが思い出したように言う。

「そういえば、リンネの侍女には控えの間に行くように言っておいたよ」

「え？　ああ！　そうだ、エリーを馬車に置いてきちゃったんだ」

「忘れてたの？　かわいそうに、ひどく狼狽してたよ」

どうやらクロードは、私を捜してオロオロしているエリーに気がつき、控えの間に行くように指示を出してから、私を捜しにきてくれたらしい。

「ありがとう、クロード」

改めて感謝の意を伝えると、クロードもふっと表情を緩めた。

「さっきは悪かったね、リンネ。脅すようなこと言って」

「ううん。私だってほかの人が言っていたらきっと疑うと思う。うさんくさいし、騙されてるんじゃないかって思う。……でも、本当なの。誰とは言えないけど、絶対に信頼できる人なの」

「うん。わかったよ」

クロードは納得していないのだろうけれど、私の気持ちを慮ってそう言ってくれた。

クロードにはそういうところがある。いい感情も悪い感情も、自分の中で消化しようとするところ。もしかしたらそれは、まだ少年だった頃からレオを守るために、自分の気持ちを押し殺してきた彼の処世術だったのかもしれない。だとしたら、自分でかかえきれないくらいの感情を受けたら、彼はどうするんだろう。

「クロードは平気？」

「なにが？」

「レオの魔法陣が悪魔を呼び出すものだったってこと。もちろん当人であるレオだってショックだろうけど、支え続けているクロードの方がもっとショックじゃない？」

クロードが目を見開く。内心を探られたことに対する怯えがそこには見えた。

「僕はなんの傷も負っていない。つらいのはレオだ」

「痛みがないからつらくないなんていう単純なことじゃないでしょう？　むしろ自分のことじゃないからつらいときだってあると思う。私だって……」

代わってあげられるなら、レオの魔法陣全部引き受けてあげたいくらいだ。

どうしてレオにばかり、困難が降りかからなければならないのだろう。幼い頃に殺されかけただけでも十分つらいのに、今また、目前に迫りくる死への恐怖にさらされなきゃならないなんて。

私は自分の手を見つめる。『手当て』で治せるのは怪我だけだ。一番助けてあげたいレオに、なにもできないことがもどかしい。

クロードだって、魔法陣の解明やいろいろな手助けはできているだろうけれど、決定的な解決策を見いだせないことに苦しんでいるに決まっている。

そしてなにより悲しいのは、レオの、半ばその運命を受け入れているような態度だ。すべてをあきらめて受け入れているような顔を見ているのは歯がゆい。

「私だって、レオにあきらめてほしくなんてないよ」

じわりと涙がにじむ。

ああ嫌だ。最近涙腺《るいせん》が弱い。これもレオのせいだよ。

クロードに見られたら心配させてしまうので、私は、バレないようにそっぽを向いた。クロードはお兄ちゃんらしい優しい仕草で、私の頭をなでる。

「いい子だね。リンネ」

「クロード」

「君は優しい子だ。……そうだね。僕もちょっとだけ弱音を吐かせてもらってもいいかな」

涙をこらえているような、そんな声。

クロードがレオを支え続けていたのを、私はずっと見てきた。兄のような立場の彼は、きっとレオの前では弱音を吐くことなどできなかっただろう。私たちよりは年上だったとはいえ、レオの面倒を見続けるには子供だったはずなのに。

私は立ち止まって、彼を廊下の端へと引っ張った。城には使用人がたくさんいて、まったく誰にも見られないのは不可能だ。せめて目立たないようにと思い、私の方が廊下側に立つ。まあ、身長のせいで、クロードを隠しきることはできないんだけど。

それに気づいたのか、クロードはこらえきれなくなったように笑いだした。

「ぶっ、や、リンネは本当におもしろいね」

「なによ、もうっ。弱音言いたいんでしょ？　ほら、早く言って！　いくらでも聞くから」

恥ずかしい。どうして私はこうスマートじゃないんだろう。

クロードは口もとを押さえながら、笑っている。

「本当に、君がいるから僕らは救われてる。ありがとう、リンネ。……助けたいのにその方法がわからない。手探りで調べるしかなくて、成果は微々たるものだ。もどかしいし、情けないんだよ」

最後の方は涙声に聞こえた。

『そんなことない。クロードはがんばってるよ』って言いたいけれど、きっと今は、そう言われたいわけじゃないだろう。

「私も情けない。なんにもできないもん」

「リンネはいるだけでレオを救ってるよ」

「……クロードもでしょ」

私たちは、たぶん、力の足りない自分たちを持てあましているのだ。

だから、それを言葉にして、つらい思いを共有することで、少しだけ救われたような気持ちになっている。

「それでも、あきらめたくないからね。がんばらないと」

クロードはしばらく涙をこらえるようにじっとしていたけれど、やがて吹っ切れたように顔を上げ、前向きなひと言をくれた。

＊　＊　＊

湯あみを終え、あとは寝るばかりの状態で部屋にいると、ノックの音がした。

「入れよ」

姿を見せたのは、予想通りクロードだ。

「思ったより落ち着いてるんだね。レオ」

クロードは苦笑しながら室内に入ってきて、俺の私室に備えつけられているソファへと腰を下ろした。

「なんの用だ？」

「様子を見にきたんだよ。リンネの発言について、君がどう思っているかも聞きたかったし」

俺は、クロードの向かいに腰を下ろした。

「悪魔に殺されるというやつか？　さすがに驚いたが、あの魔法陣が胸に描かれ始めたときから、そう遠くないうちに死ぬのだろうとは思っていた。だからべつにショックはないな」

「そう」

むしろ、クロードの方が疲れた顔をしている。

彼は長いまつげを伏せ、言葉を探しているかのように、しばらくの間黙っていた。

俺自身は、自分のことだからか、思いのほか冷静に受け止めていた。

この呪文が、線を伸ばし始めたのが三年前。胸のあたりまで伸びた後は、円を描き始めた。

クロードと一緒に魔術書を調べ、これが魔法陣を描く呪文だったのではないかという結論に行き着いたのは、二年前だ。

魔術書によれば、魔法陣とは本来は床や地面に描かれ、召喚魔法に使われるものらしい。なにかを呼び出すときや、逆になにかを転移させるときなどに使われるそうだ。

胸の上に描かれ始めたことから、俺たちは心臓をどこかに転移させる——すなわち、俺を殺す——のではないかと結論づけていた。

とはいえ、現実に対応策はない。どんな施術法をもってしても、呪文を消すことはできなかった。ココテインだってリンネの『手当て』だって、痛みは消してくれても、魔法陣の成長を止めることはできなかったのだ。

線が伸びるときに体が激しく痛むが、それ以外で日常生活に不便はなく、不安にさせるだけの内容をリンネや母親に教える気にならなかった。死ぬのが自分だけなら、被害はそれだけだ。

王家の後継者は、俺がいなければ傍系に移るだけ。そしてその場合の王位継承候補者はクロードであり、人柄からいっても能力からいっても、なんの問題もない。

だから、俺はリンネには魔法陣のことを内緒にしたまま、最期の時を迎えるつもりだった。

「リンネにその情報を教えたのは誰なんだろうな」

ずっと疑問に思っていたことを口に出す。

「味方であればいいけどね。リンネが騙されていたら困るよ」

クロードが心配そうに言う。だが、それに関しては、自分でも意外なほど安心していた。

「ああ見えてリンネは疑り深いぞ。学内の友人だってほとんどいなさそうだった。そのリンネが信用すると言いきっているんだから、大丈夫なんじゃないか？」

単純で感情がすぐ表に出るリンネは、嘘をつくのが下手だ。リンネが信用するのなら、そいつはいい奴なのだろう。

だが、クロードは納得しきれていないようだ。

「リンネがどれだけ信じていたとしても、国にとって有益な人物かどうかは別問題だ。魔法陣の内容を知っているならば、ジェナ様の関係者という線が濃厚だろう。そうでなかったとしても、リトルウィックの関係者ではあるよ。野放しにしておくわけにいかない」

「……なら、調べてくれ」

渋々そう告げると、クロードは不満そうに口を真一文字に結んだ。いつも笑顔の彼がこういう表情をするのは珍しい。

「なんか怒っているのか？」

「なぜ君がそんなに落ち着いているのか、理解に苦しむよ、レオ」

「そっちこそ、なぜそんなに熱くなってるんだよ」

「君が死ぬかもしれないと知って、平気でいられるわけがないだろう？」

軽く机をたたく。

いつも穏やかで笑顔を絶やさないクロードが、感情をあらわにするのが珍しかった。

「俺が死んだら、次期王はおそらくクロードだ。それを喜ぶ気にはならないか？」

クロードは、俺のはとこにあたる。現状では、王位継承第三位にあたるが、第二位であるクロードの父親は、年齢から順当にいけば、父上よりも先に死ぬ。つまり、クロードが事実上の王位継承第二位だ。

「怒るよ、レオ」

「もう怒ってるじゃないか」

「僕は、君があきらめているのが気に入らないんだよ」

あきらめてなどいない。ただ受け入れていただけだ。呪文は消せない、ならば受け入れるのが一番傷つかない。それが誰も傷つけない最良の方法だと思っていた。

ほうけた俺にため息を吹きかけて、クロードは立ち上がった。

「僕は君を生かすために九年費やしてきたんだ。熱くなって当然だろう。魔法陣が完成するまでに、まだ時間はある。やれることは必ずあるはずだ。それに、リンネのことをどうするつもりだよ。あの子を未亡人にする気じゃないだろうね」

「まだ結婚していないだろうが」

「婚約者にまでなれば同じようなものだよ」

クロードはそう言うが、リンネは最初から、解消前提でこの婚約を受けていた。

「あいつが俺と婚約したのは、……ただの同情だ」

クロードはじっと俺を見つめていた。あきらめたような顔が気に入らないのか、不機嫌そうに眉を寄せている。

「レオは考えが独りよがりすぎるよ。君に死ぬ覚悟ができていても、僕やリンネはそうじゃない。君が死んだらリンネが泣くだろ？　好きな女性を泣かせてもいいのかい」

「そのときはクロードがいるじゃないか。お前だってずっと、リンネのことを……」

クロードの体がびくりと跳ねる。兄のように恋人のように、クロードの瞳がリンネを追っていたことくらい、気づいている。そのたびに俺は、嫉妬まがいの感情に胸が焼けそうだった。

だが、クロードはゆっくり首を横に振った。

「あいにくだけどね、僕はもうだいぶ前に、気持ちの整理をつけている。リンネは君にこそ必要な人だ。相手のいる女性に横恋慕するほどマゾじゃないよ」

「俺には、な。だがリンネにとってはそうじゃない」

リンネは俺を、幼馴染み以上には見ていない。いつだって、大人なクロードの方に心を許している。

「リンネの気持ちを思えば、俺は婚約などするべきじゃなかったのかもしれない――」

それでも、そう遠くない未来に死ぬのかもしれないと思ったら、少しだけ欲が出た。せめて死ぬまでの間だけでも、リンネを独占したくなったのだ。

本当は、学園には戻らず、リンネと走り回って過ごしたかった。それでも復学を受け入れたのは、あまりにリンネがしつこかったのと、婚約を了承させるのに、都合がよかったからにすぎない。

リンネに伝えるには、あまりにも独りよがりで情けない願いだ。だから、〝復学のための女よけ〟という建前は、俺にとって都合がよかった。

これまでの思いを、神妙に告げると、クロードはぱたんと魔術書を閉じ、その太い本で俺の頭をたたいた。

「痛いじゃないか」

「馬鹿なことばかり言うからだよ。僕はあきらめないよ。君を死なせない方法があるはずなんだ。そのためにずっと研究しているんだからね。見くびらないでほしい」

目の前で、あきらめているのはお前だけだと突きつけられ、苦しくなる。死がわかっているならば、あきらめた方が楽だ。その方が、余計な希望を抱かなくて済む。そう思うのに、クロードはそんな俺を馬鹿だという。

「俺は……」

「リンネを泣かせたら承知しないよ、レオ。君はもっと欲張りにならないといけない」

そう言うと、クロードは、これ以上は聞かないとばかりに部屋を出ていった。

俺は、胸のざわつきを抑えられないまま、目を伏せた。

間違いだらけの作戦会議

翌日、私はローレンにお茶会の招待状を出した。初めて自分からお茶会をしたいと言いだした私に、お母様は感激のあまり涙目になっている。

たかがお茶会でそんなに喜ばれると、私が今まで令嬢失格だったみたいで情けなくなるからやめてほしい。

「ティン！」

「ソロ！」

昨日、拗ねてしまったまま姿を見せなくなったソロが来たので、私はすぐに抱き上げた。

「昨日はごめんね。今日はいっぱい遊んであげる」

「ティンティン！」

ソロが喜びをあらわにする。うん。かわいいなぁ。

一緒に庭を散歩しながら、私はソロに語りかけた。

「ソロ、三日後に私のお友達が来るの。ソロのことも紹介するね」

「ティン？」

ソロは立ち止まり、考え込むような仕草をする。

「ローレンっていうんだよ。大事な友達」

ソロは私の顔をじっと見つめ、「ティン」と決意のこもったような声を出す。

「どうしたの、ソロ」

「ティン」

神妙な様子なのはわかるけど、それだけだ。こんなときは、ソロが人間の言葉を話せないことが残念に思えてしまう。

「ごめん、わからないや。早くお話しできるようになるといいね、ソロ」

「……ティン」

ソロはふっと目をそらし、私の肩に飛び乗ってくる。

「なあに？　急にどうしたの？」

私はソロの頭をなでてあげる。ソロは、甘えるように鼻先を頬に擦り付けてきた。

そして、三日後。ローレンが私の屋敷へやって来た。

出迎えようとしたけれど、かたくなに肩の上から下りようとしなかったソロが、そのまま寝てしまったので、身動きが取れない。

困っていると、ノリノリのお母様が、一足先に玄関に出向き、ローレンを招き入れてくれた。

「まあまあ。リンネに女性のお友達ができるなんてうれしいわ。さあさあ、こちらにいらして」

助かったけれど、お母様はその後も出ていく様子がない。ローレンも微妙に顔を引きつらせている。

「お母様。おもてなしは私がしますから結構です」

「あなたは気が利かないから、心配なのよ」

何度も言葉を重ねて、ようやくお母様を追い出し、私とローレンはホッと息をつく。転生者同士、礼儀作法とは早々におさらばだ。

私は早速、本題に取りかかった。

「ねぇ。ローレンのこと、レオとクロードに言っちゃ駄目かな」

「え？」

「実は、レオの胸の魔法陣が悪魔を呼び出すものだって、言っちゃったの。そしたら誰から聞いんだって問いつめられちゃって」

ローレンは紅茶を噴き出しそうになり、慌ててハンカチで口もとを拭いた。

「ば、バッカじゃないの！　そんな眉唾な話、信じるわけないでしょう？」

「信じてはくれたけど……」

あのときの状況をローレンに説明すると、眉根を押さえ、深いため息を吐き出す。

「私が教えたなんて、絶対に言っちゃ駄目よ。魔女扱いされて捕まっちゃうじゃない！」

「レオはそんなことしないよ」

「するわよ。少なくとも今の時点では。私とレオ様の間に信頼関係ができあがってないんだもの。彼がいくら優しい人でも、国の安寧を担う立場である以上、不審なものは排除するはず……」

なるほど。ローレンの言うことも一理ある。

これ以上なにもバラすな、と怒られたので、私は仕方なくうなずく。でも、このままじゃクロードに疑われたままなんだよな。

ローレンは、大きく息を吐き出し、私に納得させるように力強く言った。

「あれこれ説明しなくても、リンネが私とレオ様を引き合わせてさえくれれば、私は彼の呪文も魔法陣も、消すことができるのよ」

「そうなの？」

こんなところに救世主が！と思って見つめると、ローレンは当然とばかりに胸をそらす。

「あたり前でしょ。私はヒロインよ。ヒーローであるレオ様とは出会うべくして出会うの。レオ様は私の最推しなんだからね。死ぬなんて耐えられない。なんとしてでも助けなくっちゃ」

最推しかどうかは置いておいて、助けなきゃというところには同感だ。あの魔法陣を消せるものなら、なんでもする。

「じゃあ私はどうすればいい？　なにかできることがあるなら教えて」

「リンネは……そうだな。私をいじめているふりをすればいいだけ」

「いじめ？　なんで」

意味がわからない。レオを助けることと、私とローレンの関係はまったく別物じゃない？

私もたいがい説明が下手だが、ローレンも負けていないようだ。

そういえば赤点仲間だったな……と遠い目になってしまう。

「それが私とレオ様の仲を深めることになるの。原作ではね、レオ様はもともと、王妃様に押しつけられた婚約者であるリンネが好きじゃないの。つきまとってくるリンネに辟易しているわけ。でも一応婚約者じゃない？　リンネの評判の悪さは王家の評判にもつながるでしょう？だからリンネの動向は常に見張っているの。それで、私への態度があまりにひどいことを見かねて、私に声をかけてくれるようになるのよ」

「なるほど？」

少し現実と違うんだな。今の私とレオは親友のような間柄なのに。

「でもレオは女性には触れないんじゃ……」

「それ、子供の頃だけよ。おば様に襲われたショックでしばらく女性恐怖症になったの。今はリンネだって平気で触っているじゃない」

……あれ？

私は軽い違和感を覚えた。だけど、ローレンは原作を知っているんだから正しいはずだよね？　そう思い、私は話題を変えた。

「それで、ローレンはどうやってレオを助けるの？」

「巫女姫の力よ。ちょっと説明が長くなるんだけど、でも一から説明するね――」

こうして、私はいわゆる原作小説のことを教えてもらうこととなった。

――タイトルは『情念のサクリファイス』。

サクリファイスとは、生贄《いけにえ》という意味だ。

この物語の根底には、ハルティーリア国と、隣国リトルウィックとの確執がある。

建国の頃、ハルティーリアには、神獣と対話し、不可思議な力を持つ巫女姫と呼ばれた女性たちが存在していた。その巫女姫たちは、祈りをささげるだけで天候を操ることができたり、井戸を掘りあてることができたりと、さまざまな力を持っていた。彼女たちのおかげで、ハルティーリアは、実り多い土地として栄えたのだ。

ハルティーリアの歴代国王は、巫女姫たちを守るための館を整備し、厚遇していた。やがてはそれが神殿と呼ばれるようになり、神殿は王家と二分する権力を持つようになった。

時がたつにつれ、巫女姫の血筋の人間は増えたが、巫女姫としての力は衰えていった。自分たちの能力を受け継ぐ新たな巫女を育てようとしても、神獣と対話できる巫女はわずかしかいなかったのだ。そこで、能力が足りない巫女の補助手段として、呪文や魔法陣などを編み出していく。それは魔術という名で、神殿内で広まっていった。

ある日、外国から漂流者が流れ着いた。その外国人は、人智を超えた力を持つ巫女姫を異質なものだと言い、あちこちで触れ回った。そして、この国には火山があるのだから地熱を利用すれば、もっといろいろな恩恵が受けられると、国王にそそのかした。そして、巫女姫の力が弱まっていると感じていた国王は、それをうのみにしたのだ。

漂流者の言うことは正しかったようで、国は機械産業に舵を切り、成功を収めた。

大きな船をつくることにも成功し、そこから貿易も広がった。海外の文化が入ることで国は飛躍的に近代化したのだ。

だがそれによって、魔法を使う巫女姫や、彼女の信望者への待遇はどんどん悪くなった。それまで特権階級として優遇されてきた巫女姫は、魔女とささやかれ、命を狙われるようになる。

巫女姫は、神獣の導きに応じ、この国に見切りをつけることにした。神殿の人間をすべて引き連れて、火山近くの国境の森に新しい国を興したのだ。それが今のリトルウィックの原型となる。

移動の際、巫女姫は魔術に関する一切をハルティーリアには残さなかった。

一方、勝手に国を興されたことに腹を立てたハルティーリアの国王は、リトルウィック相手に何度か戦を仕掛けた。が、そのたびに嵐に襲われ、撤退することになった。そのうちにリトルウィックは周囲の辺境部族を束ねていき、何度か繰り返される小競り合いの中で国土を増やしていった。

何度目かの戦争が終結したタイミングで、ハルティーリアとリトルウィックの国交は失われた。二国は隣国でありながらも、一切交流のない国になったのだ。

ハルティーリアの歴史家は、このふたつの国の確執を封印した。おそらくは、自分たちのしたことを恥じていたのだろう。過去は封印され、二国は最初から交流のない国だと子孫に言い伝えながら、何百年もの時を過ごした。

そして今の世になって、ハルティーリアでは貿易を強化するために、リトルウィックとの間に交易路をつくりたいと考えるようになった。なぜなら、辺境部族を吸収していくうちに縦に長く広がったリトルウィックの領土は、ハルティーリアが他国と貿易をおこなうのに、避けては通れない位置にあったからだ。

レオのおじであるダンカンが、リトルウィックの姫を娶《めと》ることになったのは、そういう経緯である。

しかし、歴史を封印されたハルティーリアの国民とは違い、リトルウィックの巫女姫は、復讐をあきらめてはいなかった。歴史書に語り継ぎ、いつか必ずハルティーリアを滅ぼすよう、代々の巫女姫に言い継いで来たのだ。ダンカンの妻となったジェナは、その言い伝えを幼い頃より聞かされた姫だ。

手始めに、彼女はやがて国を継ぐ夫を、自らの術で洗脳していった。

けれど、次の王に選ばれたのは、ダンカンの弟でありレオの父親であるジュードだった。

ジェナは怒り、ダンカンをけしかけてレオをさらわせた。そして彼女は、彼の腕に恐ろしい呪文の刻印を残したのだ――。

私は身震いをした。リトルウィックの巫女姫、怖い。自分たちを迫害したハルティーリアの王族を許せないのかもしれないけれど、それから何百年も後の子孫にまで、復讐を求めるなんて、なにかが間違っているように思えてしまう。

「レオ様の腕に刻まれた呪文については、前に話した通りよ。胸に魔法陣を描き終えると、その心臓の血を吸収して発動するの。それで悪魔が――」

「心臓の血が全部なくなったら、悪魔に殺されるより先に死んじゃうんじゃない？」

「そうかもしれない。実際、小説では発動してないからわからないわ」

小説の世界では、レオと親しくなったローレンが、彼の腕に書かれた呪文を見て、それが魔術だと気づくらしい。

「どうしてローレンは古代語で書かれた呪文がわかるの？」

「ローレンは神獣に導かれて、どんな文字でも読めるっていう能力を手にするの。うちは交易商で魔術書も置いてあったから、それを読んで解明したんだよ。それに、小説では後半に判明するんだけど、母親がリトルウィック出身で、ローレンには巫女姫の血が交じっているの」

「なるほど」

ローレンは家にある魔術書を調べ、呪文の詳細を知った。それでレオに死の危険があることを知って、彼を助けようとする。が、レオに近づこうとするとリンネに阻まれてしまう。

一方のレオは、リンネのあまりに傍若無人な振る舞いに腹を立て、ローレンを助けるようになる。そして、いつしかふたりは心を通わせるようになるのだ。

卒業式の日、レオはリンネへ婚約破棄を言い渡す。

嫉妬に狂ったリンネは、ローレンを殺害しようとナイフを振りかざした。レオがローレンをかばい、返り討ちにあったリンネは怪我をした。その血がレオの胸に降りかかり、魔法陣を作動させてしまう。

レオは突然苦しみだし、ローレンは魔法陣の作動に気づいた。

このままでは彼が死んでしまうと思ったとき、ローレンはさらなる巫女姫の力を覚醒させた。

「ローレンは彼を助けるためにキスをするの。そこに真実の愛が生まれ、呪いが解けるのよ」

「なんか、そのあたり曖昧だね。結局ローレンはなにをしたの？　キスだけで解けるの？」

「うーん。そうなんじゃないかな。ふたりがキスをすると、まばゆい光が全体に広がっていくんだよ」

どうやら描写としてはかなり曖昧だったらしい。そして琉菜的には、一番の盛り上がりだったので、手法どうこうよりもレオが救われたことが重要だったようだ。その後のふたりの恋愛ターンをむさぼるように読んだため、あまり覚えていないらしい。

「一番肝心なとこじゃん……」

「大丈夫だよ。ヒロインである私がいれば、なんとかなる。だから、リンネの役目は、私をいじめて、レオ様に嫌われて、婚約破棄されること」

「いじめって言われても」

どうすればいいのか？　悪役令嬢っぽいセリフで虐げればいいのか。でもそんなことをして
レオがローレンに同情するかな。

「駄目だ。いじめってどうすればいいのか思いつかない」

「じゃあシナリオを考えてあげるから。演技して」

「演技……ねぇ」

非常に不安しかない。演劇なんて、小学六年生のときのケヤキの役が最後だ。セリフなど一度も話したことがない。

「大丈夫、リンネでもできるようなネタ考えるから」

そういえば、琉菜は二次創作もするオタクだったな。もう任せよう。

なにがどうなっても、レオが死ななければいいのだ。私の評判などすでにないも同然。いつ地に落ちてもおかしくないのだから、気にしないことにしよう。

やがて、肩にいたソロがピクリと動いた。起きたのかなと思い、頭をなでてあげる。

いつもならば「ティン」と元気に鳴くのだが、今日のソロは黙ったままだ。ほんの少しの違和感を覚えつつ、私はソロをローレンに紹介しようと思い立った。

「ね、小説の表紙に、白い獣が描いてあったと思うんだけど、この子……もがっ」

そのとき、ソロの尻尾が私の口を押さえた。普通なら驚いてもいいと思うのに、ローレンは全く表情を変えない。

あれ？　もしかして、ソロのことが見えてない？

そういえば、ローレンは屋敷に来てから一度も、私の肩にいるソロに疑問を持たなかった。

思わずじっとソロを見つめると、ソロは片目をつぶって意味深にうなずいた。

……まさか、ローレンにだけ、姿を見せないようにしてる？　姿が消せるのは知っていたけど、いつの間にそんな使い分けまでできるようになったの？

ソロはゆっくりと私の肩の上で立ち上がり、毛を逆立てて、ローレンを睨む。まるで、彼女に敵意を向けているように。

私はソロのこの行動が理解できず、途方に暮れた。

ローレンは、気にした様子もなく、話を続ける。

「神獣のこと？　あれはね、物語のマスコット的存在で、巫女姫の能力を目覚めさせてくれるの。ローレンがどんな文字でも読めるのは、小さい頃に神獣と出会ったからなんだよ。そのほかにも、ヒロインが落ち込んだときや困ったときに道を示してくれるの」

じゃあ、私が、『手当て』ができるようになったのもソロのおかげだったんだな。

「そ、そうなんだね。じゃあ、ローレンにもいるんだよね？」

「それがねー、小説とずれちゃってるんだよね。本当ならとっくに出会っているはずなんだけど、まだなの。名前はソロっていうんだけど」

「え……？」

ちょっと待って。ソロは私の従魔としてここにいるけど？

「王城で会えるはずだったんだけどね」

続くローレンの言葉に、私はどんどんパニックになる。

いったん落ち着こう。ローレンの言葉を信じるならば、ソロはローレンの従魔だ。だとすれば、私と出会ったあの日、ソロは出会う人間を間違えたことになる。

「ローレン、八年くらい前に、王城に来たことある？」

「あれ、リンネ覚えてないの？　八年前、私たち顔を合わせてるんだよ？」

「え……」

そういえば、赤毛の令嬢がレオに突き飛ばされる事件があった。

いろんなことがいっぺんに起こった時期だったから、すっかり忘れていたけれど、もしあれが、ソロと初めて会った日だとしたら？

本当はローレンに会うはずだったのに、先に私に会っちゃったってこと？

血の気が引いてきて、私はソロのことをローレンに教えることができなくなってしまった。

翌日、ローレンに渡された台本を見て、私はげんなりした。あまりにも、古典的な嫌がらせの応酬にあきれる。これを演技でやる虚しさといったら半端ない。

「なにこれ、『図々しいのよ、赤毛のくせに』ってあるけど、赤毛がよくないなんて迷信、聞いたことないけど」

「うるさいなぁ。いいのよ。このまま言って」

ローレンは不服そうに頬を膨らませた。ここでケンカをしていても仕方がないので、私も引き下がることにする。

「ええと。ローレンに足を引っかけて転ばせればいいんだよね？　でもレオが見ているときに？　タイミングが難しいなぁ」

「大丈夫。レオ様の講義内容はばっちり頭に入っているの。次の休憩時間は体育館に移動するから」

「へぇ」

すごいな。まるでストーカーみたい。

正直引いてしまうけれど、そのくらいローレンはレオが好きなのかと思えば感心はする。……するんだけど、なーんか、ちょっとおもしろくないんだよなぁ。

そして休憩時間になるとすぐに、私たちは体育館へ向かう渡り廊下へと移動した。

「いい？　リンネはそこに背中を預けて本を読んでいてね。私が、レオ様が通るタイミングでそこを横切るから、リンネがすっと足を引っかけて、転んだ私に向かってさっきのセリフを言う。おっけ?」

「はいはい、オッケー」

面倒くさいけれど、これがレオを救うことになるのならば仕方がない。

やがて、本当に上級生校舎の方からレオがやって来る。

復学してそれなりに時間が経過しているのに、なぜまだひとりで歩いているのよ。友人をつくれって、あんなに口を酸っぱくして言っているのに、レオの馬鹿。

私は、今やらなきゃならないことよりも、レオの友人関係に意識がいってしまう。

タイミングを見計らって、体育館の方からローレンがやって来る。

「ふんふーん、ふん」

大声で鼻唄を歌っているから、めちゃくちゃ目立つな。まあいいのか。レオに見つけてもらわなきゃいけないもんね。

言われた通り、足をかける。「ああっ」と大きな悲鳴をあげてローレンがよろけた。

レオの視線がこちらを向く。彼はすぐにこちらに気がつき、駆け寄ってくる。

床に転がるローレン。私は彼女を見下したように言わなければならない。

「図々しいのよ、この……」

「リンネ、転んだのか?」

やって来たレオは、なぜか転がっているローレンではなく、私の手を取った。

「え……レオ。違う」

床にうずくまっているから見えないと思ったのか、ローレンは「ああん、痛ぁい」と甘えるような声を出す。

私は視線でレオに訴えた。

ほら、レオ。女の子が倒れているんだよ？　大丈夫かって助けてあげてよ。

「お前、そこすりむいてるぞ？」

「え？　どこ？」

「ほら、引っかけてる」

たしかに腕に枝を引っかけたような傷ができているけど、たいしたことはない。少なくとも、膝をすりむいたと騒いでいるローレンに比べれば。

レオがローレンを完全に無視しているので、仕方なく私が話しかける。

「レオ、私より重症な人がいるでしょう？……ローレン様、大丈夫ですか？」

「リンネ様。こちらこそ、ぶつかってしまって申し訳ありません」

「こちらこそ、足を引っかけてしまって」

なんの茶番だろう。言ってて虚しくなってきた。

だけど、私が介入しないと、レオはローレンと話をする気さえないのだから仕方ない。なんとかして、ふたりを歩み寄らせなければいけない。

「まあ、ローレン様大変。膝にお怪我を。レオ、申し訳ないけれど、彼女を医務室まで連れていってあげてくれない？」

「俺が？」

「まあ！　レオ様のお手をわずらわせるなんてそんな……」

右手を頬にあて遠慮したそぶりを見せつつも、私の足をバシバシたたいている左手が、『よくやった、リンネ』と告げている。

レオは眉を寄せたままあたりを見回し、「そこの！」と大きな声を出す。

通りすがりの男子生徒は、王太子のお呼びとあって、すごい勢いで駆け寄ってきた。

「どうされました」

「この女生徒が怪我をしたらしいのだ。悪いが医務室まで運んでやってはもらえないだろうか」

「はい。それはもちろん」

顔を引きつらせたローレンが、男子生徒に抱きかかえられる。

レオは、満足そうな顔をして、「これで心配はないな、行くぞ、リンネ」と私の腕を引っ張っていくじゃないか。

「ちょ、リンネ様ぁ？」

『裏切り者〜』という声が聞こえてくるようだ。

いや、でも、私が裏切ったわけじゃないじゃん？

女性に触れられないレオには、向かない作戦だっただけだよ。

「レオ、ローレン様が嫌いなの？」

ぐいぐい腕を引っ張られて、痛いくらいだ。レオは不満そうにずっと前を向いているので声をかけるのさえ気まずかったが、中庭の中心を越えたところで聞いてみた。

「なにがだ？」

「さっき倒れていたの、ローレン様だよ。覚えているでしょう？」

「あの子爵令嬢か？　興味はない。お前こそなにを考えている。俺があの令嬢を運べるわけがないだろう？」

怒ったように言われて、私は怯みつつも言い返した。

「運ばなくても、先導して連れていくくらいはできるでしょう？　せめて、大丈夫かって、声をかけてあげればよかったのに」

「無理だ。俺が令嬢に近づいただけで調子が悪くなるの、お前が一番よく知ってるだろう」

「そうだけど」

それでも、ローレンがレオの運命の人なら、いつかは触れるようになるはずだ。……とは思うけど、彼女が例の預言者だとバレないためには、そんな説明をしてはならない。

仕方なく、あたり障りのない感じで促してみる。

「ローレン様はほかの令嬢とは違っていい子だから、触れられるかもよ?」

「……妙にローレン嬢を推薦してくるな」

疑いのまなざしを向けられて、私は言葉が出なくなってしまった。

ああ、やっぱりこういうの向いてないな。私には〝走る〟以外の才能などないのだ。

「王太子なんだから、みんなに親切にした方がいいんじゃないの」

レオは、絞り出すようにそう言った私を見て、深いため息をつくと、私の頭を優しくなでた。

「似合わない顔するな。そもそも、この呪文がある限り、俺が王位を継ぐことはないと思う。そうなれば選ばれるのはクロードだ。あいつなら、社交的だし、みんなに親切だろう? ならば俺はこのままでもいいじゃないか」

「駄目に決まってるでしょ? 呪文は消すの。絶対に。だからレオはちゃんと国を継ぐ覚悟を持たなきゃ駄目なんだから!」

「そう言われてもなぁ」

やる気のない声に、苛立ちが止まらない。

死ぬ運命をあっさり受け入れられては困る。私は、レオを死なせたくないからこんなに躍起になっているのに、なんで当のレオが落ち着いているのだ。

「レオだって死にたくないでしょう? こんな呪文なんかに負けるの嫌でしょう?」

「まあ、悔しくないと言えば嘘になるが、……これでも今の状況にはそれなりに満足しているんだ。もし死んだとしても後悔しないくらいにはな」

遠い目をして、達観した老人みたいなことを言う。

おのれ、無欲！　女性恐怖症のままで人生に満足しないでほしい。世の中には、もっといいことがあるんだからね。おいしいものもいっぱいあるし、恋だって人生を豊かにするよ。

なにより、好きな人ができれば、もっと生きることに執着してくれるかもしれない。私との友情では満たされなかったなにかを、きっとローレンが満たしてくれるはずだ。

やっぱり私、がんばってふたりを恋に落とさなきゃ！


それからも、私とローレンによる『レオとローレンを引き合わせよう作戦』は頻繁におこなわれたが、なぜか思うような結果がついてこない。

現在、私たちは顔をつき合わせて反省会である。

「どうしてこんなにレオ様とお話しできないの！」

「小説ではどうだったの」

「小説では、途中からは積極的に助けにきてくれるのに！」

レオは、普段しつこく寄ってくるリンネに辟易していたこともあって、リンネがローレンをいじめているとローレンをかばい、リンネから嫌われようとわざとローレンに肩入れする姿を見せていたのだという。

「じゃあ、まず私が嫌われればいいのか。レオが嫌だと思うまで引っついていればいい？」

「いや待って。今の感じだと、それ、逆効果にしかならない気がする」

ローレンはすごく嫌な顔をして、渋々と口を開いた。

「信じたくはないけど、今のレオ様はリンネのことが気に入っているのよ、たぶん」

「まあ、友達だもんねぇ」

「友達って……婚約者にまでなっておいて」

「ん？」

「いいえ。なんでもないわ」

いろいろ含みのある言い方をされるけれど、通じないからはっきり言ってほしい。私は勘がいい方ではないのだ。

ローレンは吹っ切れたように笑顔になると、私の目の前に人さし指を突き立てる。

「ちょっと方法を変えてみよう。いじめられてても助けてもらえないんなら、逆に考えて、私とリンネが仲良しって方向から攻めた方がいいんだよ、きっと」

「なるほど？　具体的には？」

私が促すと、ローレンはにやりと笑う。

「そうね……。たとえば、私の勉強を見てくれるよう頼んでくれる、とか」

「勉強？」

「そう、実は……ついていくの大変なんだよね。前の学校より進んでいるし」

どうやら本当に勉強がわからないらしい。その素直なところは嫌いじゃない。私は思わず笑ってしまった。

「なるほど。やってみようか」


ローレンとの作戦会議翌日、私はレオに、午後に勉強を見てくれないか頼んでみることにした。正直、了承してもらえるかは半々かな……というところだが、何事もやってみなければ一歩も進まない。

「ねぇレオ。友達も連れて勉強会しない？」

「友達？　そんなのいたのか、リンネ」

失敬な。たしかに今のところ、ローレン以外の友達はいないけれども。

「最近ね。ほら、この間ローレン様が私のせいで転んじゃったじゃない。あの後、お詫びをしたのをきっかけに仲よくなったの」

「またあの子爵令嬢か。最近ふたりでいるのはよく見るなと思っていたが」

「そう。それでね！　ローレン様、転入生だから、勉強についていくのが大変なんだって。私、教えてあげようと思うんだけど、レオも一緒にいたら楽しいかなって思って」

理由はわからないけど、レオのそばに行って見上げるように頼めと言われたので、それも実行してみる。

レオは一瞬後ずさりしたものの、気を取りなおしたように咳ばらいをし、神妙な顔をした。

「そ、そうか」

「駄目かなぁ。身元はちゃんとしてると思うんだけど。レットラップ子爵も、王都で商会を開いているそうだし。珍しいお菓子とかもらえるかもしれないし」

私の言葉に、レオが破顔する。

「また食い気か。わかった。だが、俺が誰かの屋敷に行くとなると警備が大変だからな。ふたりとも城に来るか？」

「許可出る？」

「おそらく」

「本当？　ありがとう」

満面の笑顔で応じれば、レオはちょっとたじろいだように身を引いた。

なんだかよくわからないけれど、ローレンの言う通りにしたら、ちゃんとうまくいった。すごいな、ローレン。さすがヒロイン。

やがて、馬車の乗り場につく。

当然、王家の馬車の方が先に準備されているので、私はレオを見送ることになる。

いつもなら、すぐにそっけなく行ってしまう彼が、今日はこっちがドキリとしてしまうような真摯なまなざしで見つめてくる。

「な、なに？」

思わずドギマギしてしまった。いやいや、落ちつけ私、相手はレオだよ。

レオも、問われるとは思ってなかったのか、「なんでもない！」とすぐに目をそらす。

少しばかり気まずい空気の中、侍従が頭を下げ、馬車の扉を閉めようとした。そのとき、ポソリとレオがつぶやいた。

「俺は、お前が笑っていればそれでいいんだ」

「え？」

問い返した声は、馬車の扉が閉まる音にかき消された。

レオはいつものように窓から手を振り、馬車は走りだす。すぐ後についていたうちの馬車が、空いたスペースへと入り込んでくる。

私は馬車に乗ってから、なんとなく先ほどの彼の手を思い出していた。

出会ったばかりのレオは、私よりも小さくて華奢だった。綺麗な顔立ちこそ変わらないものの、昔は、いかにも日の光を浴びない典型的なもやしっ子だったのだ。

外に引きずり出し、一緒に走り回るようになってから、もともと運動神経の悪くなかったレオは、速く走るための足の動きも重心の取り方も、私の見よう見まねですぐに習得していった。

それはもう、こっちが悔しいと思うくらいにあっさりと、成長してしまったのだ。

レオはやればなんでもできる。立派な王にだって、なれるはずだ。なのに、自分はこれでいいと、上限を決めて蓋をしてしまう。

それが、呪文のせいならば、消してあげたい。そしてそれができるのは、ローレンでしかないのだ。

「だから、私はレオを、そして彼とローレンの恋を応援しなきゃ。いずれは……婚約破棄もすればいいいんだよね」

ポソリとつぶやくと、やはり寂しさが襲う。おかしいな。最初から、どうせいつかは解消すると思っていた関係なのに、なんで私は寂しがっているのか。

わからない感情をゆっくり考えるのは苦手だ。というか、考えたくなかった。

「あー走りたい」

空を見上げながら、私はつぶやいた。


ローレンを同行して城に入城する許可はすぐに下りた。国王陛下と王妃様のレオへの溺愛は半端なく、レオの望みならば大概のことは通ってしまう。

「よかった。これでレオ様とちゃんと話せる」

「ローレン、呪文を消すんだからね。頼むよ」

「わかってるって」

今日はうちの馬車にローレンを乗せて一緒に来た。いつもの応接室に向かうと、レオのほかになぜかクロードもいる。

「あれ、クロード。どうしたの？」

「レットラップ子爵令嬢が同席すると聞いたから、ご挨拶をと思ってね」

「初めまして、クロード様。ローレン・レットラップと申します。お見知りおきを」

「こちらこそ。実は君のお父様にはいろいろとお世話になっていまして……」

クロードとローレンがにこやかに話しているのを、ぼーっと見ていたら、レオからの視線を感じた。

「なに？」

「いいや、なんでも」

最近のレオはこのセリフが多い。なにか言いたいことがありそうなのに、いつもはぐらかす。

「言いたいことがあるならはっきり言ってよ」

「なんでもないと言っているだろう」

やがて口ゲンカに発展した私たちを、今度はクロードとローレンがじっと見ている。

「あ、ごめんなさい」

「相変わらずだね、ふたりは」

「そう言わないでよ、クロード」

成長してないって言われているみたいで、情けなくなるじゃない。

「レオ様。今日からよろしくお願いいたします」

私とクロードが話しだしたのを機に、ローレンはレオとの距離を詰めていった。

レオは「ああ」と答えながらも一歩引いている。顔色はあまりよくないが、ローレンと仲よくならなければ、未来がないのだからがんばってほしい。

私の願いが通じたのか、それともやっぱりふたりは運命の相手だったからなのかわからないけれど、その日、レオはローレンがそばにいることを嫌がらなかった。積極的に話しかけることはないけれど、ローレンから話しかけられれば、きちんと応じている。

私はホッとした半面、なぜだか少し苛立っていた。

理由はわからない。きっと、レオに無理をさせてしまったことへの自分への怒りなんだ。うん、きっとそうに違いない。


そんな日が一週間ほど続いたある日。レオとローレンとの勉強会を終えた私は、城の入り口でクロードに呼び止められた。

「どうしたの？　クロード」

「リンネ。もしかしたらあの子が、君の言っていた預言者かい？」

考えてみれば、頭もよく察しもいいクロードがそれに気づくのは当然のことだ。けれど、浅はかな私は、それを予想していなかった。

「えっと、いや、その、違う違う。彼女は学園の同級生なだけ……」

必死にごまかそうとしたけれど、自然に目が泳いでしまう。

くう、嘘のつけない自分が恨めしい。

「リンネが、レオの嫌がることを率先してするはずがないことくらい、僕でもわかるよ。それでもレオの苦手な女の子を連れてきたということは、彼女をレオに近づける必要があったってことだろう？　それに、彼女はレットラップ子爵の娘だ。僕が持っている魔術書を入手してくれたのは、彼女の父親なんだよ」

「え？」

なんて偶然。……いや、偶然じゃないのかも。これこそ、運命なんじゃないかな。

胸のモヤモヤが大きくなる。こんなふうに感じていることをクロードに知られたくなくて、わざと明るい声を出した。

「ローレン様は絶対にレオを救ってくれると思うの。だから……その」

「リンネが彼女を疑っていないのはわかるよ。僕だって、もしかしたら、レオの呪文を消してくれるのかもとも思っている。……でも」

クロードは怪訝そうな顔をして、ちらりとふたりを見る。レオは私を見送ろうと馬車の乗降場で待っていて、一緒に帰るローレンもまた、そこで待っている。

ローレンは一生懸命レオに話しかけていて、対するレオは口もとを手で押さえていた。

「僕はね、彼女が君とレオの仲を引き裂いてしまうのではないかと心配なんだ」

クロードがあまりに真面目な顔をしているから、私は思わず笑ってしまった。

「やだな。私とレオはそんなんじゃ……」

「君はレオの婚約者じゃないか」

「それは、ほかの女性に嫌悪反応が出るからでしょう？　治れば、もっとふさわしい令嬢と婚約しなおすに決まってるじゃない」

私はずっと、それが正しい姿だと思っていた。だから疑問にも思っていなかったし、そうあるべきだとさえ、思っていたのだ。

「リンネはそれでいいの？」

だから、クロードにそう問われて、すごく不思議な気分になった。

「だって、そう決まってるんじゃないの？」

「リンネ……」

クロードは、神妙な顔をした後、ちらりとレオを見てから、私に優しく笑いかけた。

「……だったら、僕にもまだチャンスがあるということだね」

「チャンスって？」

クロードは、私の右手をすっと持ち上げる。

「レオともし婚約破棄することになっても、心配しないで。僕はずっと、君を待ってる」

「へ……？」

そのまま、クロードは私の指のつけ根にキスをした。

は？　あれ？　なんだこれ。

わけがわからずぼうっとそれを見ていたら、いつの間にかそばに来ていたレオが、私の手をぐいと引っ張った。

「なにをしているんだ。クロード！」

「なにって、久しぶりにリンネと話せたからね。挨拶だよ」

「俺の婚約者だぞ」

レオが怒っているのを見て、ようやく私は、婚約者のいる女性が気軽にされてもいいことではないのかと気づいた。

「レオ、大丈夫。ちょっとびっくりしただけ」

「こっちだって驚いた。お前もぼーっとしてるなよ」

「だって、クロードだもん」

なにも心配することはないでしょう？と続ければ、レオは深いため息をついた。

「レオ？」

「なんでもない。そうだな。クロードなら仕方ないのか」

つぶやきの意味がわからなくて、彼をじっと見つめる。それで、レオの顔色が悪いのに気づいた。

「レオ。疲れてる?」

「……悪いが、やはりリンネの以外の女性は苦手だ」

深いため息と共にそう言うと、「気をつけて帰れ」と私の頭をなで、レオは背中を向けてしまった。

クロードも苦笑したまま、「リンネはもうお帰り」と言う。

なんだか追い立てられているようで落ち着かなかったけれど、かといってなにを問いかけていいかもわからなくて、ただその言葉に従うことにした。

「リンネ、お話し終わった? 帰ろう」

ローレンだけがいつものように明るくて、私は失礼にも、ローレンが場違いのように思えてしまったのだ。

思いあまって婚約破棄

前回の勉強会以来、レオは私と距離を置くようになった。

女性が苦手だと知っているのに、無理やりローレンと仲よくさせようとしたことを怒っているのかもしれない。

「今日はお城に行かないの」

「レオの都合が合わないんだって」

最初にお願いしてから一週間、毎日おこなわれていた午後の勉強会も、ここ数日はレオの方から断られている。仕方なく、作戦会議がてら、今日はうちでお茶会だ。

「どうする？　私、まだ全然、レオ様と仲よくなれてないよ」

「うーん」

事情を説明しない状態では、これ以上ローレンを差し向けても、レオは嫌がるだけだろう。

彼は合理的なところがあるから、ローレンと親しくなる必要があるとわかれば、ちゃんと協力してくれるんじゃないだろうか。自分の生死がかかっているわけだし。

「ローレンがレオを救う存在だって説明できればいいんだけど」

「うーん。じゃあ、リンネが夢でお告げされたって言ってみればどう？」

「適当だなぁ。そんなの信じるわけないじゃない」

「だって正直困るんだよね、こっちだって」

ローレンの声が尖った。私は驚いて彼女を見つめる。予想よりも真剣に、彼女は怒っていた。

「本当なら、私がレオ様の隣にいるはずだったんだよ。小説通りなら、もっと早くレオ様とも出会っていたし、リンネは嫌われていて、私がレオ様に求められていたんだよ」

「ローレン？」

ローレンの顔が真っ赤だ。そして目が、潤んでいる。泣いているのかと思ったら胸がざわついて、私はどうしたらいいのかわからなくなった。

「みんな、リンネのせいだよ！　レオ様が助からなかったら、私、一生リンネを恨むから！」

投げつけられた言葉に、私はショックを受けた。

……私のせいなの？　レオが助からないのも私がそばにいるから？

これまで自分が信じてきた土台が崩れるような気がして、目眩《めまい》がした。

私がなにも言えないでいると、突然目の前にソロが現れた。

「ティン！」

ずっと、ローレンには姿を見せないようにしていたのに、私を守るように、毅然とローレンと対峙する。

「……ソロ？」

ローレンは食い入るようにソロを見て、眉を寄せた。

「ローレン……」

「神獣でしょ？　これ。なんでソロまでリンネのところにいるの？　本当は私に仕える神獣だったんだよ？」

ローレンが憎悪をあらわにする。私は圧倒されてなにも言えず、ただ、ソロをギュッと抱きしめた。ソロは尻尾を揺らしながら、ローレンの方をちらりと見る。

「フー！」

そして、彼女にあからさまな敵意を向けた。

彼女はそれがショックだったようで、テーブルにのっていたティーカップを、思いきり手で払い落した。がちゃんと硬質な音を立ててカップが割れる。

「もうやだ！　全部リンネのせいだ！」

泣きながら言い捨て、出ていってしまう。

騒ぎを聞きつけたエリーが、「お嬢様、大丈夫ですか」と聞きにきたけれど、反応を返すのさえおっくうで、私はソロを抱いたまま自分の部屋に向かった。

「う、ううう」

自室に入った途端、涙があふれてくる。

「ティン、ティン」

ソロは私を慰めるように頬を舐めてくれるけれど、簡単にはこの涙を止められそうにない。

「ソロ。本当のお前のご主人はローレンなんだよ」

私が言うと、ソロは首をぶんぶんと横に振る。

「行きなよ、ローレンなら、ソロの力も十分に引き出してくれると思う」

以前親コックスが、『コックスは巫女の使い』だと言っていたはずだ。私は『巫女姫の血筋じゃない』とも。ペットのようにただ飼っているだけの私なんかより、ローレンの方が上手にソロを育てられるはずだ。この子がいつまでたっても人間の言葉を話せないのも、私のせいかもしれない。

「ね、お願いソロ。ローレンのところに行って、レオを助けて」

すがってくるソロの前足を、突き放すように軽く押すと、ソロは体を小刻みに震わせた。

『嫌だ！』

「え……？」

頭の中に、声が聞こえた。ソロの声によく似た、人間の言葉。

なにこれ、空耳？

『僕はリンネがいいのに。なんでそんなこと言うんだよ！』

ソロはめそめそと泣きながら、前足で涙をぬぐう。間違いなく、ソロが話しているみたいだ。

「ソロ、人間の言葉を話せたの？」

ソロはハッとしたように顔を上げ、自分の口もとを前足で押さえて動転していた。

そして観念したように、大きく息を吸い込む。見つめている私が瞬《まばた》きしている間に、ふっと姿を変えた。

前の体より、ふた回りは大きく、白い毛は前よりもふさふさとして、尻尾が二本になっている。子供のソロじゃない。大人の姿だ。

「……ソロなの?」

『もうだいぶ前から、大きくなってたんだ。でもリンネの前では子供でいたかったから、変化してた』

衝撃の事実に、私は驚いた。

「私はずっと、ソロが大きくなるのを楽しみにしていたのに、どうして隠したりしたの」

ソロはバツが悪そうに、もじもじとしていた。

『だって……。大きくなったら、リンネが一緒に寝てくれないと思って』

甘えかよ!

思わずツッコミそうになってしまったけれど、こらえる。怒っても、なにもいいことはなさそうだ。

しゅんとしてしまったソロに手を伸ばし、フサフサの毛並みをなでる。ソロは気持ちよさそうに目を細め、子供のときより長くなった顔を、私の頬に擦りつけた。

『怒らないで。僕を捨てないで』

そんなかわいいことを言われたら、怒れなくなってしまうじゃないか。

「でも、レオを救える巫女はローレンなの。だから、私はソロに、ローレンの力になってあげてほしい」

『リンネだって救えるよ！　魔力がもう少し足りないだけだ』

いや、だから、私じゃ力が足りないから助けられないって言ってるんだけど。

会話のつながらなさに苦笑する。だけど、ソロは真剣に話しているようなので、笑っては失礼だ。ソロの前足を握って、真摯にお願いする。

「ソロ、お願い」

『……あの子も変わった魂は持っているけど、僕、色が好きじゃないんだ』

「色？」

ソロはそう言い、とろけるような瞳で私を見る。

『リンネの魂はね、真珠みたいな乳白色。とても綺麗なんだ。僕は初めて見たときから、リンネの魂が好きなんだよ。リンネがいい。ほかの子のところになんか行かない！』

駄々をこねる子供のように、ソロは首をぶんぶんと振る。どうやら、外見は大きくなったものの、ソロの精神は子供のときと変わりないようだ。

「でも……」

『レオを助けられればいいんでしょ？　もっとリンネの魔力を強めればいいんだ。待ってて、僕、フィッグの実をつくってくる！』

そう言うと、ソロはふっと姿を消してしまった。

「ソロ？　ちょっと、どこに行ったの、ソロ！」

呼びかけてももう返事はない。どこかへ行ってしまったようだ。

「大事な時にいなくならないでよー！」

私は困ってしまった。

ローレンに泣かれ、ソロにも逃げられた現状は、小説の筋書きとはずいぶんずれてしまった気がする。

レオを救うためにそばにいて、がんばってきたつもりだった。でも、そのせいでレオが助からないのなら、私は考え方を変えなきゃならない。少しでも小説の内容に近づけるには、きっとレオから離れなければならないのだ。


次の日、私はレオを校舎裏に呼び出した。授業が終わり、皆、それぞれに家路につくので、あたりに人けはない。

「なんだ、リンネ。改まって」

「うん。あのね、レオ」

ほかの女生徒がいないからか、レオはどこか機嫌がよさそうだ。

だが今は、その機嫌のよさがつらい。なにせ私は今から、婚約破棄を申し出ようとしているのだから。

勢いづけようと息を吸った瞬間、先にレオの声が降ってきた。

「そういえば、お前に渡すものがあったんだ」

「え？」

戸惑う私の目の前に、レオの手が差し出される。そこには、銀色の鎖にパールと紫水晶が鈴なりについているネックレスがあった。色のせいもあって、ブドウがくっついているみたいに見える。

「かわいい」

自然に口をついて出たのはそんな言葉だ。レオはホッとしたように笑顔になる。

レオと出会ってから八年、食べ物をもらうことはあっても、こんなかわいらしいものをプレゼントされたことはなかった。

それにしても、べつに誕生日でも記念日でもないのに、どういう風の吹き回しだろう。

「でも、どうして？」

見上げると、レオはふいとそっぽを向いた。でも頬が染まっているから、照れているんだなってことはわかる。

「うれしいと言っただろう」

「なにが？」

「綺麗になるのはうれしいって、前に言っていただろ？」

それは、婚約のお披露目の日のことだ。普段しない化粧をしてもらって喜んだ私が言った軽いひと言。レオはそれを覚えていてくれたのか。

「婚約したのに、記念のプレゼントも渡していなかったからな」

ごにょごにょと言いにくそうにしながらも、レオはそれを私につけてくれようとした。

うれしい気持ちと同時に、とんでもない罪悪感に襲われ、咄嗟にその手を押さえる。自分の顔が青くなっているのが見なくてもわかった。

「リンネ？」

「ごめん。レオ。それは、受け取れない」

手が震えそうになるのを、なんとかこらえた。そして、なるべく平坦な声で、彼に告げる。

「婚約を解消してほしいの」

レオは信じられないものを見るように私を見つめ、小さく「なぜ？」とつぶやいた。

「ほら、レオもそろそろ学園に慣れたでしょう？　婚約者がいなくても大丈夫かなぁって」

笑顔だ、リンネ。絶対に泣いちゃ駄目。あくまで軽く、さらりと言ってのけろ。

レオは傷ついたような顔をしていた。手に残されたネックレスをギュッと握りしめる。私はこれ以上見ていられなくなり、うつむいた。

「婚約者がいなくなれば、令嬢が群がってくることくらいわかるだろう？　リンネは俺に、それを甘んじて受けろというのか？」

「そういうわけじゃないけど、ほら、言ったじゃないレオ。私に好きな人ができたら、婚約解消してくれるって」

「……っ」

空気が尖ったのがわかった。なんだろう、とても息苦しい。レオの顔を見るのが怖くて、顔が上げられない。

「相手は誰だ」

声が低い。口調は平たんだが、レオの怒りに似た感情が突き刺さってくる。

「それは……その」

「クロードか？」

彼は勝手に、結論づけてしまったようだ。ネックレスをつぶしてしまうのではないかと思うほど固く握られた拳が、私の視界に入る。

「違うの、でも」

レオを傷つけているのが苦しい。だけど、私はこの物語を、もとの軌道に戻さなければならない。そうでなければきっと、レオは救われないのだろうから。

「信じなくてもいいけど。レオが助かるためには、レオを本気で愛している人と心を通わせる必要があるの。だから私という婚約者はいない方がいいんだよ」

しばらくの沈黙があった。レオは言葉を探すように、何度か視線をそらし、やがて思いきったようにこちらを向いた。

「それは、つまり……お前は俺のことが好きじゃないということだな？」

レオの返答に、私は呆気にとられて目が点になった。なにか誤解されてしまった気がする。私は、私がいたらローレンとレオが近づく邪魔になるから、婚約破棄してほしいって言っているのに。

「え……？　いやあの、レオ？」

「わかった。俺から父上と母上には言っておく」

そのまま、レオは背中を向けてしまう。確実に誤解がある。だけど、かけるべき言葉を見つけられない。

「レオ、待っ……」

「悪いが。ちょっとひとりにしてくれ」

背中を向けたままそんなふうに言われて、私はものすごく突き放された気分になった。

そのまま、レオは立ち去ってしまう。彼のいた場所をじっと見つめながら私は途方に暮れていた。

「どうしよう」

なんだか、とんでもない失敗をしてしまったような気がする。だけど、レオを救うのはローレンだと決まっている以上、私はレオのそばにいちゃいけない。ローレンに託すしかないのだ。

胸がじくじくと痛んでも、今すぐ駆け出してレオを引き留めたくても、それをしたらレオのためにならない。

口の中に血の味が広がった。いつの間にか唇をきつく噛んでいたらしい。

泣きたくなったけれど、泣いてはいけないような気がして、私は、痛みを感じながらも唇を噛み続けていた。

屋敷に戻ってからローレンに手紙を書いた。レオと婚約破棄したことと、どうかレオを救ってほしいということ。

それを従僕に託して、レットラップ子爵の商会まで届けてもらう。

「あー、明日学園に行きたくないなぁ」

私は伸びをして、窓の外を見る。いつもだったら気持ちいいと思うのに、綺麗な青空や澄んだ空気が憎らしい。

「ソロもどこかに行ったっきりだし」

あのもふもふした尻尾に顔をうずめたい。そうすれば悲しい気持ちも少しは癒える気がする。

けれどこんな時に限って、ソロは姿を見せないのだ。

レオと私が婚約破棄したのではないかという噂が、学園中で飛び交っていた。

もしかしたら、話しているところを見た生徒がいたのかもしれない。まだ陛下や王妃様にきちんと報告したわけでもないので噂を広げられると困るのだが、人の口に戸は立てられない。

胸が苦しい。どうしてだろう。レオを傷つけてしまったから？

それもあるけど、もう私がレオの隣に立つことがないのかと思ったら、無性に寂しくなってきた。

元気でいてほしい。生きていてほしい。だからこそ離れる決断をしたけれど。これはこれで、身を切られるように寂しい。

レオはもう、私と一緒に走ってくれない。背中を追うことも、追い越して振り向くこともうできない。毎日のように、ふたりで城の内周を走った日々を思い出すと、どうしようもなく胸が苦しくなる。

ああ、寂しい。悲しいよ。私と一緒に走ってくれる人なんて、レオしかいないのに。

＊　＊　＊

その日、僕は国王夫妻に呼び出された。

十二のときからレオの世話係を任命されている僕は、今や彼の主治医に似た立場だ。魔術的観点からレオの現状を説明するため、国王夫妻とは月に一度、定期的に報告する機会を持っている。

その僕が、突然呼び出されるのは珍しいことで、いったい何事かと、足早に歩いた。

「クロードです。参上いたしました」

「ああ、よく来てくれたわ、クロード」

「なにかあったのですか?」

問いかけた僕に、突然、よよよと泣きだしたのは王妃様だ。

「あなたはもう聞いたかしら。レオがリンネさんと婚約破棄したいと言いだしたのよ」

一瞬、なにを言われたのか理解できなかった。考えるよりに先に反射で答える。

「嘘だ」

だがすぐに、陛下の御前であり、王妃様への返答だったことを思い出し、言葉を選ぶ。

「あ、失礼しました。まさか。レオがそんなことを言うはずがありません」

「それが本当なの。昨晩、神妙な顔で言いにきたのです。もう私、驚いてしまって……。なにがあったのかご存じありませんか? あのふたり、あんなに仲がよかったのに」

それを聞きたいのはこちらの方だ。リンネもレオも、はたから見ていれば互いに思い合っていることなど明白なのに。

僕は叫びだしたい気分をこらえて、考える。

レオが自分からリンネを手放すようなことをするはずがない。

彼が出会ってからずっとリンネに夢中なのは、僕が一番近くでずっと見てきた。

とくに好きでもないランニングに付き合い、リンネに会う時間を確保したいばかりに学園に行きたくないと駄々をこね、揚げ句に学園に戻ることを条件に婚約を了承させた。

ものわかりのいいレオが、わがままを言ってでも独り占めしようとしていた令嬢。それがリンネだ。

だから僕は、魔法陣完成のその日まで、レオが婚約解消することなどないと思っていた。

「本当に、レオが婚約を解消すると言ったのですか」

「私だって何度も聞いたわ。ああもう、嘘であってくれたらどんなにいいか……」

王妃様がうぅっと顔にハンカチをあてる。

……落ち着こう。冷静に考えて、レオの方から婚約を解消したいと言いだすはずがない。だとすればリンネの方からだ。

あの鈍感令嬢は、レオの気持ちどころか自分の気持ちにも気づいていないようだった。それならばありうる。

「僕の方から、もう一度レオに確認してみます」

「お願いね、クロード。ああ、どうして？　やっとレオが幸せになれると思っていたのに。リンネさんだって肝の据わったいい子で……。あの子、腕の呪文だって、いっそ書き足したら格好いいなんて言って笑ったのよ。私、あの呪文をそんなふうにとらえられるなんて、なんて明るい溌溂《はつらつ》とした子かしらって……」

泣きながら語られる言葉に、僕は驚いた。

「王妃様、今なんと？」

「だから、なんていい子かしらって」

「いやその前です」

「ああ。あの子、呪文になにか文字を書き足して、新しい文様にしたら格好いいって言ったのよ。ふふ、おもしろいこと」

「それだ！」

僕は不敬ながら手を打ってしまった。王妃様が驚いたように目を丸くする。

「クロード？　どうしたの？」

僕は恭しく頭を下げる。

「申し訳ありません。ひとつの可能性がひらめいたもので……。もちろん、簡単ではありませんが。うまくすれば、レオを助けられるかもしれません」

顔を上げると、希望を目に宿した王妃様と目が合う。どちらからともなく、僕たちはうなずき合った。

その後、僕はレオに会いにいった。

彼は不機嫌さを隠すこともなく、顔を見るなり「今日はひとりにしてくれ」と、突き飛ばすようにして僕を追い出した。

だが、僕とて黙ってそれを受け入れる気分ではない。

「レーオ？」

苛立ちを隠さずにゆっくり名前を呼べば、しばらくしてバツの悪そうな顔でレオが扉を開けた。近衛兵まで思わずといった調子で噴き出してしまっていて、僕は改めて、レオは素直だと思ったのだ。

室内はカーテンが閉まっていて暗かった。引きこもり時代を思わせる状態にため息をつく。

「聞いてもいいかな。どうして本意でもない婚約解消をしたいのかな？」

「……言いたくない」

拗ねた背中が答える。なんだか今日は子供の頃のようだ。

人懐こくてやんちゃだったレオは、時折使用人を困らせて楽しむこともあった。後でその使用人が叱られていたことを知って、でも自分のせいだと言えなくて戸惑っていた背中とよく似ている。

僕が彼の召使いであるならば困ってしまうところだろうが、長年の付き合いの兄貴分としては、この程度の拗ね方など、問題にもならない。

「レオ、君が言わないならリンネを問いつめるけどいい？」

「やめろ！」

案の定、レオは慌てて僕にすがってくる。

「だったら君が説明するんだね。……なにがあったんだい」

「言った通りだ。リンネと婚約を解消する」

「婚約したばかりでなにを言うんだか。本当に解消したらリンネにどんな目が向けられるかわかっているのかな？　どんな失態をしでかして、王太子から見限られたかとうしろ指をさされるんだよ？」

レオは一瞬、怯む。その姿を見ても、この婚約破棄が、彼が言いだしたものでないことは明白だ。

「リンネから言いだしたのかい？　いったい……」

「だったらどうすればいい？　俺はリンネにあんな顔をさせたいわけじゃない。笑っていてほしいだけなんだ。頼めるのはクロードしかいない」

なにを言っても無駄そうなその態度に、僕はため息をつく。

「レオ。君はリンネが好きなんだろう？」

「クロードもだろ?」

「言ったろ。俺はずいぶん前にあきらめたよ。だって彼女は君のものだ」

「そうじゃないんだ、クロード。あきらめなくていい」

レオは必死の形相で、僕の腕を掴む。

「リンネはクロードが好きなんだ。だからリンネを幸せにしてやってくれ。あいつを泣かせないでくれ」

「……君は賢いのに、時々どうしようもない馬鹿になる」

どうしてこの期に及んですれ違っているのか、あきれてしまう。

だが、聞いていると問いつめるべきはレオの方ではないらしい。

「王妃様は納得なさっていない。そう簡単に婚約破棄できるとは思わないことだね」

そう告げると、レオは傷ついたような、けれどどこか安心したような顔でうつむいた。

＊　＊　＊

ここ二週間ほど、私はひたすら静かに過ごしていた。

お茶会でローレンを怒らせて以来、彼女は私に話しかけにこない。

前はずっとこうだったのに、いざひとりに戻ると寂しくてたまらなくて、空元気すら出せずにいる。

教室の窓から観察していると、ローレンは、果敢にレオに話しかけにいっているようなので、任せておけばいいのだろう。小説の神様に愛されているのはローレンだもの。どんな奇跡の力も起こせるはずだ。私のような悪役令嬢立ち位置の人間は、動けば動くほど、ヒーローやヒロインを不幸にしてしまうに違いない。

わかっているのに、なんだか胸が痛い。レオを追いかけるローレンの姿を、見たくない。

どうして私は、リンネに生まれ変わってしまったんだろう。

どうして助けられないのに、彼の苦悩を近くで見守る立場になってしまったんだろう。

なにもできないなら、いっそなにも知りたくなかった。ただ自分の感情にだけ素直でいられるモブになった方が、ずっとマシだったのに。

ふたりの姿を見たくなくて、授業が終わってからは即行で屋敷へと帰る。

気分転換にランニングしようとしたら、使用人やお母様に全力で止められた。

「リンネ、いい加減、そんな格好で走るのはやめなさい。はしたない」

「はしたなくてもいいんです！」

ランニングと短パンだった前世に比べれば、長袖に乗馬ズボンで走っているのだから十分お上品だ。

「お願い。ちょっとでいいの。走らないと心が死んじゃう」

「なに馬鹿言っているの！　さっさと着替えてらっしゃい！　ああ、恥ずかしい。私の育て方が悪かったというの……」

結局は、お母様の泣き落としに負けて自室に戻る羽目になる。

せめてソロがいてくれたら、散歩と称して小走りくらいできたのに、そのソロも、あれ以来帰ってきていない。

私はふて腐れて、ベッドにごろりと横になった。

だったらせめて、自堕落を満喫してやるわ！

思考が迷路に迷い込んだ揚げ句、私は令嬢にあるまじき態度でベッドの上をゴロゴロと転がった。

それからしばらくして、急に屋敷が騒がしくなった。

「リンネ！　お客様よ」

メイドではなくお母様に呼ばれて、私は驚いて起き上がった。結ばれていたはずの髪の一部が、はらりとたれ下がるのが、視界の端に見える。ゴロゴロしている間に、髪はぼさぼさになってしまったようだ。

「お嬢様、お早く。って、どうされたんですか、その髪！」

「ごめん、急いで直して」

「ああ、そこにおかけになってください。大変なんですよ。オールブライト公爵のご令息のクロード様がお越しなんです」

エリーが慌てたように言い、今はお母様が場をつないでいるから、と教えてくれる。

でも、この時間ならクロードは執務中じゃないのかな。

小首をかしげながら、私は身支度を整え、応接室に向かう。お母様が必死にクロードを持ち上げる声が聞こえてきた。

「もう本当にクロード様は優秀でいらっしゃるわぁ」

「いえいえそんな」

うん。お母様、落ち着いて。クロードが引いているような声を出してるよ。

「お待たせいたしました」

「まあ、リンネ、遅いわよ」

「かまいませんよ、夫人。約束もなく押しかけたこちらが悪いのですから。それに、女性は男を待たせるものです。その後で、待たされた以上の喜びをくださるのですから、ね」

ウインクされて、お母様の方がノックアウトされそうだ。

「クロード。急にどうしたの？」

「話があるんだ。あまり人には聞かれたくない話なんだけど。室内で君とふたりきりになるのはまずいから、庭を散策させてもらっても？　そこであれば、エバンズ夫人も窓から様子を見ることができるでしょう？」

そつのないクロードの提案に、反対意見などあるはずもなく、すぐに、ふたりでうちの庭を散策することとなった。

「綺麗に整えられているね」

「庭師の努力の成果よ。私、花のことはよくわからない。名前も」

「リンネは正直だなぁ」

クロードはくすくすと笑った。話があるというわりには全然本題に入らず、ひとしきり花の名前と栽培方法を教えてくれた。なにしにきたのだとややあきれた頃に、ようやく本題を切り出してきた。

「レオに、婚約破棄してほしいって言ったんだって？」

「うん。レオから聞いたの？」

「まあね。国王夫妻は今大騒ぎだよ。とくに王妃様が。リンネのこと、気に入っているから。レオがガッツリ怒られていたね」

まさかそんな展開になっているとは思わないので、私は慌てて弁明した。

「私から言いだしたんだよ！　レオは悪くないから」

「そうだろうね」

クロードは立ち止まると、私に向かって穏やかに笑う。

「レオと婚約破棄するなら、僕と結婚しようか、リンネ」

一瞬、頭が回らなくなった。なんだか苦しいなって思って、息をしていないことに気づき、慌てて息を吸い込む。

「クロード？　なんの冗談？」

「冗談じゃないよ。僕は前から君のことが好きだし。レオの婚約者だから身を引いていただけにすぎない」

「なに言って……」

私が視線をそらそうとしたら、クロードが手首を掴んだ。息をのむほど真剣な表情に、優しい兄のような穏やかさは見あたらない。

「クロード？」

「ここで君を抱き寄せたら、エバンズ夫人は慌てるだろうね」

「は？」

クロードはちらりと屋敷の二階を見上げる。お母様が上から見ているのを確認しているのだろう。

「説得材料にはなるよ。今、王妃様は君を引き留めるために画策している。エバンズ伯爵も婚約破棄など望んでいないからね。レオと本当に別れたいんなら、王妃様を納得させられるだけの相手が必要だよ。そう、たとえば僕とかね」

私の手首を掴んだまま、自分の口もとに持っていく。ちゅ、と小さなリップ音を立てて、手の甲へとキスをされた。

「離してよ、クロード。クロードだって遊んでいる年じゃないでしょ？　ちゃんと自分のお嫁さん見つけなきゃ……」

「だから言ってるんだって。本気だよ？　リンネが望んでくれるなら、僕は君をさらうことができる」

言いながら、クロードの顔が近づいてくる。今度は、唇を目がけて。

私の頭の中はパニックだ。だって、クロードがそんなことを言うはずがない。クロードは同志だもの。一緒にレオを守る仲間で、お兄ちゃんのような存在。だからいつだって安心して、甘えていたのに。

彼の息が頬にかかる。

「ヤダッ」

咄嗟に私が取った行動は、拒絶だった。だって違う。クロードは好きだけど、そうじゃない。そういうのじゃない。

クロードは予想していたかのように余裕だった。突き飛ばされたのに、笑顔のまま、ぱっと両手を開いてみせる。まるで、これ以上はなにもしないよと証明するように。

「涙目になっているよ、リンネ」

「だ、だって」

「ごめん。驚かすつもりじゃなかったんだけど。君があまりにも馬鹿なことをしたからさ」

「馬鹿って、ひどい」

「じゃあ、どうしてレオから身を引いたんだい？」

クロードの優しい声には、魔力でもあるのかもしれない。私は体の力が抜けてくるような感覚と共に、吐き出した。

「だって、レオに死んでほしくないんだもん！　私じゃ駄目なんだよ。レオの魔法陣を消せるのは、ローレンだけなんだもん」

ローレンの名前を出してしまったことに、私はハッとした。クロードは満足げにうなずき、「やっぱりそういうこと」とつぶやく。

「本当なの。理由は言えないけど、ローレンがレオを救ってくれるの。ふたりが互いを思い合ったら、魔法陣を消せるって……」

「リンネには悪いけど、少なくともレオが彼女を思うことはないんじゃないかな。近寄られただけで、気分が悪くて仕方ないそうだよ」

「それは、……もっと時間をかければ」

「そんな時間、あると思う？」

クロードのその声に、私はハッとした。

ローレンの話では、魔法陣が完成するのは、卒業式だったはずだ。でも、今のクロードの言いぶりだと、私が考えていたよりずっと、魔法陣の進行は早い……？

「魔法陣が完成するまで、もうひと月もないと思う。だというのに、本人はむしろ、死を受け入れようしている。君と婚約したのも、最期に君の婚約者という肩書が欲しかったからだって、言っていたよ」

私はクロードの目を見つめながら、そこに嘘をついている片鱗《へんりん》がないか探す。

嘘だって言ってほしい。レオがそんなに早く死んじゃうなんて嫌だ。それに婚約だって、私には女よけのためだって、レオ、そう言ったのに。

クロードは苦笑して、肩をすくめる。まるで理解できない、したくないというように。

「そこまで言って婚約したくせに、今度は婚約破棄がしたいと言いだした。さすがの僕も今回ばかりは怒ってしまったよ。なにを考えているんだって」

言い合うふたりの姿なんて想像がつかないけれど、なにかしらの言い合いはしたみたいだ。

「そうしたら、レオはリンネのためを思ってそうしたみたいなんだよねぇ」

「……え？」

「リンネは僕が好きなんだって？　だからリンネを幸せにしてやってくれって言われちゃったよ。笑っていてほしいんだって、君に」

目の奥が熱い。喉が痛くて苦しい。

なにを言っているんだ、レオは。笑っていてほしいのも、幸せになってほしいのも、こっちのセリフだっていうのに。

「私のことなんてどうだっていいよ！　私は、……私はただ、レオが生きていてさえくれれば、それでいいのに」

「そうだね。……リンネはお馬鹿さんだから、きっとその気持ちをなんて言うのか知らないんだよね？」

「え？」

「自分を犠牲にしても幸せになってほしいという気持ちはね。〝愛〟って言うんだよ。リンネ、君は、レオを愛しているんだよ。身を引いてでも助けたいって思うくらいにね。重症だよ」

涙が、ボロボロとこぼれた。

私がレオを好き？　そんなわけない。だって私は悪役令嬢で、レオに嫌われなきゃならない立場なのに。

「レオが愛する人と結ばれることで助かるというならば、助けられるのは君だけだよ」

クロードはそう言うけれど、私にはリトルウィックの巫女姫の血は入っていない。癒しの力があっても、呪文を消すことはできなかった。レオを助けることなんてできない。

それをうまく言葉にできずに、私は泣きながら首を横に振った。

「よく考えて、リンネ。レオが好きなら素直になりなさい」

「クロード」

「でないと、本当に僕が君をもらうよ？　レオと婚約を解消するなら、僕にはそれができる。君の同意がなくとも、エバンズ伯爵を味方につけて強行するのはたやすいことだ。だけど、それをしたらレオを傷つけることになる？　それでもいいかい？」

頭が混乱してよくわからない。それでも、レオを傷つけたいかと問われれば、それだけは違うと言える。

ぶんぶんと首を横に振ると、クロードはいつもの優しい顔に戻って笑った。

「ふふ、じゃあ、僕はおとなしく失恋してあげよう。……さあ、次はレオを生かすことを考えようじゃないか」

「なにか方法があるの？」

クロードが自信ありそうなので、少しばかり期待して問いかける。

「うん。だけど実験はできない、本番一発勝負の方法だ。そしてそれには、君の手が必要になる。どうかな、リンネ。やってみる気はある？」

「もちろん」

「じゃあ耳を貸して」

クロードが耳打ちした内容に、私は目が点になった。

「たしかに、それは私が言ったんだけど」

「それを実行してみればいいと思うんだ、僕は――」

そうして教えてくれた実行方法は、私には予想もつかないことだった。けれど、これならばたしかに可能性はある、と思えるもので。

「クロード天才！」

思いきり褒めたら、「だろ？」と口もとだけで笑われた。

やっぱりクロードは頼りになる兄貴分なのだ。

＊　＊　＊

リンネとケンカをしてから、二週間ほどたつ。その間に、リンネからは、レオ様と婚約破棄したという手紙をもらった。

私は、その手紙を見てから、胸がじくじく痛んで仕方ない。

琉菜時代に、『情念のサクリファイス』を読んで、私はレオ様というキャラクターに夢中になった。

寂しがりで、意地っ張りで、愛情深い。ローレンを好きになった彼は、国王夫妻の反対も物ともせず、リンネからローレンを守ろうとしてくれる。彼の言動一つひとつに、自分がローレンになったようにときめいて、彼への思いに胸を焦がした。アニメ化するなら、声優は誰がいいとか、レオ様の好きな食べ物はなんだろうとか、妄想には果てがなく、彼のことを考えているだけで楽しかった。あまりにも夢中になって、あの日はほとんど眠れなかったくらいだ。

だから、自分がローレンとして転生してると知ったときは歓喜した。なんとかして、早くレオ様に会いたくて、渋る父親に頼んで、王城に連れていってもらったこともある。

本当ならあのときに、ソロにも会えるはずだったのに。

なにがいけなかったのかはわからない。ただ、物語は私の知っている筋書きの通りには進まなかった。まったく違うわけではないけれど、肝心なところがうまくいかない。

……リンネは、軌道修正しようとしているのかな。

婚約破棄。本来はレオ様の方からされることだけれど、リンネの方からしたとしても、結果は一緒ではある。

だったら今なら、レオ様は私を受け入れてくれる？

ひと筋の希望にすがるように、私はレオ様を捜した。

レオ様は、ビオトープ前のベンチに座っていた。ここで私は、リンネがあの凛音の生まれ変わりだと知ったのだ。

「レオ様」

「君か。悪いがひとりにしてくれないか」

彼は不快そうに眉を寄せ、伸ばした私の手を振り払う。苦しいような悔しいような気持ちで、それでも隣に座ろうとしたら、彼は迷惑そうに立ち上がった。

いつもならそのまま行ってしまうはずだった。なのに今日、彼は、急に胸を押さえ、体のバランスを崩して膝をついた。

「レオ様？」

「……っ」

「どうしたんですか？　胸が痛いんですか」

「触るな！」

差し伸べた手は、弾かれた。そのすぐ後に、彼は口もとを押さえて、苦しそうに顔をしかめる。顔色は青く、呼吸もだんだん荒くなってくる。

「レオ様、あの」

「君では……駄目だ。誰か、誰でもいいから……男子生徒を呼んできてくれ」

「男性じゃなきゃ駄目なんですか？」

苦しそうに呼吸しながら、レオ様は小さくうなずいた。

どうしてまだ治っていないの……？

レオ様の女性恐怖症は、幼少の頃の一過性の病気だったはずだ。なのに、今も触れただけで気持ちが悪そうにしている。

でも、私には巫女姫の力があるはずだ。まだ神獣とは出会えていないけれど、レオ様のピンチになら力を使えるようになるかもしれない。

そう思って、彼の胸の前に手をあてる。

「……っ、やめろっつ」

だけど彼の顔色はどんどん悪くなっていくばかりだ。

「なんで？　……どうしよう」

私が知っている展開と全然違う。どうやったらレオ様を助けられるかわからない。

とにかく誰かに助けを求めなきゃ、と立ち上がったとき、校舎の方からリンネが走ってくるのが見えた。

「ローレン、窓から見えたんだけど、そこでレオ、倒れてない？」

「リンネ！　助けて。レオ様が」

「やっぱりいるのね？」

リンネはものすごい速さで私たちの近くまでやって来た。そして、倒れているレオ様のシャツを容赦なく脱がすと、胸の魔法陣を確認する。私も確認して、愕然とした。

「なにこれ、もう完成間近じゃない。おかしいよ、小説では、ここまでなるのはレオ様の卒業式なのに」

卒業まではまだ半年以上ある。いくらなんでも早すぎる。

レオ様とは全然親密になれないし、私自身の力の発動もまだ。お母様がリトルウィック出身だとわかるエピソードだって、これからだ。

「助けなきゃ」

オロオロしている私を横目に、リンネは顔を上げる。

「ローレン、近くの男子生徒にタンカを持ってくるように言って。それと、王家の馬車を呼んで？　――レオを城に帰す。魔術のことはお医者様じゃ駄目よ。クロードに見てもらわないと」

リンネは青い顔をしながらも、しっかりとなすべきことを指示した。それでもまだ動けない私を見て、落ち着かせるように手をギュッと握ってくれる。

「やっぱり私が行ってくる。ローレンはレオを見ててあげて。でも触らないでね」

そう言うとリンネはすぐに走りだし、大声で人を呼び始めた。

その背中を見ながら、私は漠然と思ったのだ。

ここは『情念のサクリファイス』の世界かもしれないけれど、もはや私の知っている物語とは違う。

どう考えても、この物語の主人公は私じゃない。――ヒロインはリンネだ。

『力』の発現

「こっちだ！　リンネ。すぐに部屋に運んで」

先に伝令を頼んでいたからか、レオを連れて城に着いたときには、治療用の部屋が用意されていた。クロードのほか、年配の男性が幾人か迎えにでてくれていた。

誰だろうといぶかしげな視線を向けると、クロードが説明してくれた。

「彼らは僕と一緒に魔術研究をしてくれる人たち。あと……」

「お父様？」

そうつぶやいたのはローレンだ。たしかに、ローレンとよく似た赤毛の男性がいる。

レットラップ子爵は、突然現れた娘に困惑していた。

「ローレン……なぜここにいるんだい？」

会話を遮ったのはクロードだ。

「レットラップ子爵、申し訳ありませんが、先に部屋に向かいます。リンネも来て」

「う、うん」

タンカにのせて運ばれているレオを追うように、私とクロードも小走りで治療用の部屋に向かう。

「クロード。レオは助かるよね?」

「助けるんだよ、リンネ。僕と君とでね」

バタバタと部屋に入り、レオをベッドに横たえた。服を脱がせ、上半身を裸の状態にしてから、改めて魔法陣を確認する。

レオは、逞しい体つきをしていた。三角筋と上腕三頭筋がしっかり鍛えられていて、腕が太く逞しい。厚みのある胸には、二重の円の魔法陣が描かれている。隙間を埋めるように古代語が、円の中央には六芒星《ろくぼうせい》が途中まで描かれていた。

もう本当に完成間近だ。私も驚いたが、クロードも渋い顔をしている。

クロードは集まったメンバー全員の顔を見回してから、説明した。

「僕の考えた案はこうです。今レオの胸に刻まれている魔法陣が完成する前に、別の効果をもたらす記号を書き加えるのです。具体的には、〝時戻り〟の呪文をこの魔法陣全体に対してかけます。うまくいけば、魔法陣完成と同時に、時戻りも発動して、描かれた魔法陣が消えていくのではないかと思っています」

それは、私が前に王妃様に言った『上からさらに加工して、新しい文様にしてしまうのはどうです?』というセリフから思いついた案らしい。あのとき私は、ただ思いつきを口にしただけだったのに、王妃様はその言葉をクロードに伝えるくらい印象深く思ってくれていたし、聞いたクロードはこんなことまでひらめくんだから、すごい。思いついたことはなんでも言ってみるものだ。

「だが、書き手が違えばうまく融合しないのではないか」

クロードの研究仲間のひとりが言う。

「それに関しては賭けになります。だが術者であるジェナ様はもう亡くなっていますし、この国には魔術を扱える人間はいません。であれば、誰がやっても一緒かと」

「あ、待って。ローレンは？」

レオを救うのは、ローレンのはずだ。ローレンならリトルウィックの巫女姫の血を引いているのだから、魔力もある。

「ね。お願い。ローレン」

私はそう言ってローレンを手招きしたけれど、彼女は一歩も動かず、首を横に振った。

「無理よ。レオ様は私に触られると吐いてしまうでしょう？　動かれたら呪文なんて書けない。針で刺すのよ？　じっとしていてもらわなきゃ無理」

血の気が引いたような気がした。呪文を書くと言っても、入れ墨を描くように針で刺さなければならないのだ。普通に描くよりずっと難易度が高い。

「そんな……」

これまで黙っていたレットラップ子爵が口を開く。

「お嬢さんはローレンとお友達なのかな？　どうしてローレンが魔術を扱えると思うんだい？」

「あ！　えっと、それは……」

「私が言ったのよ、お父様」

いぶかしがるレットラップ子爵から、ローレンがかばってくれた。けれど今度はローレンが詰め寄られている。

「お前はいつ魔術を覚えたんだ」

「うちに、あれだけ魔術書があれば覚えるわよ」

レットラップ子爵は焦ったようにクロードに弁明し始める。

「実は、私の妻はリトルウィック王家の傍系の出身なのです。けれど駆け落ち同然で出てきたのですから、今はまったく交流などなく。情報の横流しなどしておりませんから！」

どうやら、クロードに疑われるのを懸念しているようだ。

まあ、今リトルウィックとはまったく国交のない状態なのだから、スパイという可能性もなくはない。

「心配なさらなくても、大丈夫ですよ、子爵。あなたのことはちゃんと調べてあります」

さらっと、クロードが怖いことを言った。まあ、レオの体に書かれた呪文は国家の秘密だ。誰にでも明かされていいものではない。打ち明ける前にちゃんと人選されているのだろう。

レットラップ子爵はホッとしたように息を吐き出すと、笑顔になった。

「では信用していただいているということで、ひとつ助言を。呪文を重ねがけする場合、術者はなるべく最初にかけた人間の属性に近い方が馴染むものです。入れ墨をするインクには、術者の血を混ぜるのですが、もとの術者に近づけるという意味では、リンネ様の血を混ぜるよりも、リトルウィックの血を引く我が娘の血を混ぜた方がいいかもしれません。そうすれば、刺すのがリンネ様でも、馴染む率は上がるかもしれません」

「ええっ」

そこに驚いたのはローレンだ。まあ、突然血を混ぜろとか言われたら、私だってたぶんビビるけれど。

「お父様っ、血って。私を生贄にする気ですか？」

「馬鹿。命に係わる量じゃない。お前がこの場にいなければこんな提案をするつもりはなかったが、運よくいたからな」

「そんな……」

「ローレン、お願い」

私の懇願に、ローレンは困った顔をしながらも応じてくれた。

「わかった。これでレオ様が助かるなら」

「ありがとう！　ローレン」

レットラップ子爵がローレンの指先に針を刺し、インク瓶の中に数滴落として混ぜる。

「いたた。これで大丈夫？　お父様」

「さあ、こんなことをやるのはそもそも初めてだからね。うまくいくかはわからないけれど、万全を期したいだろう」

「ありがとうございます。レットラップ子爵」

私はお礼を言い、クロードに向きなおる。

彼は神妙な顔をして、私に一枚の紙を見せてくれた。

「いいかい、リンネ。こっちの黒字で書かれているのが、レオの胸に刻まれている魔法陣だ。そしてこの赤字の部分を、リンネに書き足してほしい」

黒字の二重円の外側に、赤字で三角の模様と呪文が書かれている。三角の模様は呪文の効果範囲を示しているようで、三方から円を囲むように三つ配置されている、その周囲に呪文を書くのだけれど、呪文部分が複雑で、これを正確に刺すのはなかなか難しい。

「私に……できるかな」

「そこはリンネにがんばってもらうしかない」

「うん」

わかっている。レオを守りたい。どうしても生きていてほしいのだ。そのためになら、どんな努力でもする。

決意したものの、私の顔は青ざめていたのだろう。

「リンネ」

横になっているレオが、私を呼んだ。彼の紫水晶みたいな瞳には、泣きだしそうな私が映っている。

「レオ……大丈夫？」

「それは俺が言いたい。お前こそ顔が青いぞ。落ち着かないなら走ってくるか？　元気になるだろう？　……今は、一緒に走ってやれないけど」

「馬鹿、なに言っているのよ。自分が大変なときに」

こんな緊迫した場面でなにを言うのだと思ったけれど、レオのいつもと変わらない調子に、私の心は少しだけ和んだ。

「はは、怒るな。……っ」

だが、レオが急に顔をしかめた。ビクンと体を跳ねさせて、痛みをこらえるように、ギュッと目をつぶる。そのうちに魔法陣がぼんやり光って、六芒星の書きかけの線が一気に二センチほど伸びた。

「呪いが進行した？」

その瞬間を見るのは、初めてだった。

血を吸って進行するものだとは聞いていていたし、たまに痛むとも言っていたけれど、あまりに淡々と語られていたから、そこまでひどい痛みだとは思っていなかった。けれど、一気に彼の顔は青ざめ、呼吸もやや荒くなっている。間違いなく、呪文がもたらす症状だろう。

「リンネ、時間がない」

「わかってる」

私は自分の胸に手をあてた。

落ち着いて、私。

願いながら、『手当て』すると、自分の体の中の魔力が循環し、震えは止まった。

私は息を吸い込み、クロードにうなずいてみせた。

レットラップ子爵から差し出されたインクに針をつける。普通のインクよりも粘質が強く、引き上げたときにもインクは針先にしっかりまとわりついていた。私はそれを、レオの胸にそっと刺す。

刺さった瞬間、レオの体がピクリと動く。

自分が刺されたわけでもないのに、痛いような気がしてしまう。詰めていた息を吐き出して、再び針をインク壺に戻す。あとは繰り返しだ。

レオは時折痛みに顔をしかめたけれど、声は出さず、私の手もとを見つめていた。

女性恐怖症となったあの日を、追体験しているようなものだ。怖いだろうし、つらいだろう。彼が感じている苦痛は、正直私には想像しきれない。

私はクロードから見せられた紙の通りに、レオの肌に針を刺していった。三角をひとつ、またひとつ。

けれど途中で、再び魔法陣の線が伸びていく。

「また？　進行が早すぎる！」

クロードが悲鳴のような声をあげた。途端に集中力が途切れ、胸に宿る弱気にとらわれてしまう。

本当に私で大丈夫なの？　小説のヒロインはローレンなのに。

私は、自分の手が震えてくるのがわかった。

もしここで失敗してしまったら、目の前でレオが死んでしまうかもしれない。私のせいで、すべてが台なしになってしまったら、どうすればいい？

手の震えが止められない。自分に『手当て』をする精神的余裕さえ、なくなってしまった。

「リンネ、もっと力を抜け」

私の様子を眺めながら、レオがつぶやく。

「でも」

「失敗したっていいんだ。お前が不器用なことくらい、俺だってクロードだって知ってる」

レオがとんでもないことを言いだすので、私は睨んでしまった。

「よくないよ。失敗したらレオ、死んじゃうんだよ？　本当にわかってるの？」

思わず怒ってしまったけれど、レオは微笑んだままだ。

「俺は、後悔はないんだ。この八年間を思い出せば、楽しい記憶ばかりだった。命を預ける相手がお前で、よかったと思ってる。ここで終わったとしても悔いはない」

ほら出た、無欲。冗談じゃない。死んでもいいなんて、八十歳過ぎたおじいちゃんになってから言うことだよ。もっと生きる意欲を見せてよ。

「私は、嫌だよ」

腹が立っているのに、涙があふれそうだ。悔しいし、悲しい。レオが、生きることに執着してくれないことが。

「嫌……って言っても、仕方ない。そもそもこの呪文はお前のせいではないし、責任なんて感じなくていいんだ」

「責任とかじゃなくて、ただ嫌なんだよ。自分が役立たずなのが嫌だし、わけのわからない魔術なんかでレオを失うのが嫌。レオがいなくなったら、私この先、誰と走ればいいの！」

レオが目を見開く。私は吐き捨てるように続ける。

「ほかの誰も、一緒に走ってなんかくれない。レオだけだもん」

私が救ってくれたとレオは言うけれど、救われていたのは私の方だと思う。

突然転生して、パニックになっていた私はおかしな言動もいっぱいした。あきれたり驚いたりしながらも、レオはそれを全部受け止めてくれた。一緒に走ろうって言ったときも、私の気が済むまで付き合ってくれた。

走り終えて見上げた青空、隣で笑ってくれるレオ。あの時間がどれほど私を支えてくれたのか、言葉では言い尽くせない。

「ひとりになったら走れないよ。私にはレオしかいないのに、どうして平気で置いていこうとするの」

自分でも驚くほど、弱気な声がでた。

助けてほしい。独りぼっちにしないで。

レオを助けようとしている私が、彼に助けを求めるなんてなんかおかしいけれど、私には頼る人がレオしかいない。

「ひとりは嫌だよ。レオと一緒にいたい」

ひどく甘えた声が出て、私は恥ずかしさのあまりうつむいた。

「リンネ」

レオの声に、力がこもった。

先ほどまでと違うその力強さに、私は顔を上げた。彼は手を伸ばし、私の左手を励ますように握りしめる。気のせいかもしれないけれど、瞳に生気が宿ったように見えた。

「わかった。生きる」

突然、はっきり宣言された。

レオが生きる意欲を見せてくれた。それが私にはとてもうれしい。それだけで、私の胸にも勇気が生まれてきたような気がした。

「絶対にひとりになんかしない」

「うん、……うん！」

さっきとは違ううれし涙が込み上げてきて、私の頬を伝っていく。

「泣くなよ」

「これは、感動してるからだもん」

『君はレオを愛してるんだよ』

いつかのクロードの声が、頭の中でこだまする。……うん。そうだ。今ならそうだと素直に思える。

私はレオが好き。愛しているとまでは恥ずかしくて言えないけれど、大好きだとは胸を張って言える。そう自覚したら、体中に力がみなぎってきた。

私はもう一度針を握りなおし、レオの胸の魔法陣へと手をあてた。

すると不思議なことが起こった。私の体の中心から、どんどん魔力が生み出されていく。それは手のひらに向かって集まっていき、針を伝って、レオの体の中へと吸い込まれていく。

やがて、未完成な魔法陣が光り出した。まぶしすぎて、周りが見えなくなるのと同時に、さらに体から魔力が吸い取られていく。

「リンネ？」

レオの声がする。やがて、体は魔力の生成をやめた。それでもレオの中に注いでいく勢いは変わらない。体からすべての魔力を搾り取られて、自分の体すら支えられなくなる。

レオの胸の魔法陣がかすんでいくように見えたけれど、それが本当のことなのか、私の視界がかすんでいるからなのか判別がつかなかった。

「ティン――！」

朦朧《もうろう》とした意識の中で、ソロの叫び声を聞いた気がする。だけど、本当にソロがいたかどうかは、そのまま意識を失ってしまった私には、わからなかった。

＊　＊　＊

今にもこぼれそうな涙を瞳にためたまま、リンネは必死に針を動かしていた。

『……私にはレオしかいないのに』

彼女の弱気な声を聞いた瞬間、俺は、全身を揺さぶられたような気がして、心臓が大きく脈打った。

――そばにいてやらなければいけない。生きなければ。

湧き上がったのは、今までとは違った感情だった。

俺はずっと、リンネはひとりで生きていけると思っていた。

王太子である俺を無理やりランニングに付き合わせる図々しさとか、普段から食べ物のことしか考えていなさそうな短絡的なところとか、友人が少なくても飄々《ひょうひょう》としているところとか、彼女はどこをとっても逞しく、俺なんかよりもずっと精神的に強いのだろうと。

だから、俺がいなくなっても、一瞬は悲しむだろうが、立ちなおって普通に生きていくに違いないと思っていた。

こんなふうに泣くなんて、考えてもみなかったのだ。

だけど、言われてみれば、たしかに彼女と一緒に走る人間は俺しかいない。つらいとき、困ったとき、走って忘れようとするリンネは、この先俺がいなくなったら、ひとりで泣きながら走るのかもしれない。いや、走らせてさえもらえない可能性の方が高い。

だとしたら、この先、リンネは今みたいな悲しい顔でずっと生き続けるのか？　走ることもできず？

その可能性に思い至った途端、死んでもいいなんて思えなくなった。

『わかった。生きる――』

本気が伝わったのか、リンネは目に力を取り戻し、再び俺の胸に時戻りの呪文を刺そうとした。そのときだ。

リンネの手から、熱いくらいの熱が伝わってきた。やがてその指先が輝きだし、周りが見えなくなるくらいの光が広がる。

何度かされているから、これが『手当て』の力だと、本能的にわかった。怪我をするとリンネが使う癒しの力。それが最大限の威力で発揮されたのだ。

発光が収まったとき、俺の胸の魔法陣と腕の呪文は、跡形もなく消えていた。だが同時に、リンネも意識を失って倒れていた。

「リンネ！」

俺は起き上がり、彼女を抱き上げる。青ざめてはいるが、呼吸はしていた。眠っているのかと頬を軽くたたく。

「リンネ、おい、リンネ」

だが、たたいても揺らしても、リンネに反応はない。俺は無性に恐ろしくなって、何度も呼びかけた。

「起きろ。リンネ！」

「レオ、駄目だよ。動かさないで」

クロードに止められ、俺は彼を見上げる。

「クロード、リンネはどうなったんだ」

「僕にだってわからないよ。わかるのは、彼女が君を救ってくれたことくらいだ」

呪文の消えた腕と胸を見て、クロードがつぶやく。

「だが、リンネが目覚めないんじゃ意味がない。俺のことなんかどうでもいいんだ。リンネさえ生きていてくれれば、俺はそれでよかったのに」

俺の悲鳴のような声に、みんながしんと静まる。

沈黙を破るように、突然現れたのは二匹のコックスだ。

「ティンー！」

一匹は俺の知るソロより、ふた回りくらい大きく、尻尾が二本ある。しかし、鳴き方や態度はソロそのものだ。

「ソロなのか？」

問いかければうなずくので、きっと成長したのだろう。

そしてもう一匹、ソロよりも小さなコックスは、まだ赤ん坊のようだった。だが、動きは機敏で、「ティティ」とソロよりも甲高い声で鳴いている。

「ティン！　ティン！」

ソロは、リンネが倒れているのを見ると、手に持っていた真っ赤に熟した果実を、リンネの口に押しつけた。

「ティン！」

食べろと言っているようだ。しかし、意識のないリンネには無理な話だろう。

「食べさせればいいのかい？」

クロードが受け取ろうとするが、ソロは首を振った。よくわからないが、ほかの人間の手を介してはならないようだ。

「ティティ」

赤ん坊のコックスが、呆然と見ているローレンに呼びかける。

「……なに？　私を呼んでるの？」

「ティ」

ローレンはふらふらと歩いてきたかと思うと、小さなコックスに手を伸ばす。

「ティ！」

小さなコックスが彼女の手に飛びのった瞬間、彼女は大きく瞬きをした。

「ティンティン」

ソロがなにかを言い、ローレンが驚いたようにうなずく。

「イリスって言うのね。よろしく。私はローレンよ」

「ティ！」

「ティンティン」

「え、私の力ってそんなのなの？　本と違う……。　悪役になれるやつじゃん」

ローレンとコックスたちはまるで話でもしているようだ。

「ローレン嬢、もしかして、コックスの話がわかるのか？」

彼女はうなずき、そして俺に向きなおった。

「リンネは、自分の中の力を使いきって、深い眠りについているだけ、だそうです」

俺は、リンネの首筋を触る。たしかに温かいし、脈も安定している。けれど、いくら頬をたたいても反応がないので、不安が消えない。

「本当に目覚めるのか？」

「深さによると思いますけど……。そのあたりはこの小さなコックスが覚醒させてくれた私の力を使って、判断できると思います」

　俺は少しだけホッと息を出す。

「ローレン嬢にもリンネのような力があるってことかい？」

　クロードの問いかけに、ローレンは少し目をそらしながらうなずいた。

「癒しの力か？」

　俺が問いかけると、ローレンはなぜか顔を赤くして、恥ずかしそうにつぶやいた。

「私の力は『妄想力』――人の深層心理に入り込み、自分の言葉や妄想を送り込める力、……だそうです」

　説明されても、具体的になにができるのかピンとこない能力だ。いぶかしげに見つめる俺に、ローレン嬢は、「まあ、やってみます」と、意識のないリンネの額に手をあてた。

「……反応がないなぁ。ずいぶん深いところにいるみたいです。これは、ちょっと時間がかかるのかも。リンネ用に一室用意してもらえますか」

　クロードがすぐに反応し、侍女たちに部屋を用意するよう言いつける。俺はリンネを抱いたまま、準備が整うのを待った。

　ふと、リンネを挟んでいるとはいえ、普段ならば体調を崩す距離にローレンがいることに、俺は気づいた。

　けれど、いつものような吐き気も、恐怖心も襲ってこない。ふとした瞬間に思い出すのは、もう恐ろしい形相のおば上ではなく、泣きながら針を刺していたリンネの姿だ。

「ローレン嬢。リンネは助かるよな」

　すがる思いで尋ねると、ローレンは力を込めてうなずく。

「絶対に助けます。……私、すごく昔にリンネと一緒に事故にあったんです」

「昔？」

　俺は、彼女たちは最近仲よくなったと思っていたから、意外に思って聞き返した。

「はい。遠い昔。自分だけなら逃げられたかもしれないのに、リンネは私を守ろうとしてくれた。……だから今度は、私が持てる力をすべて使ってでも、リンネを助けます」

「ティ」

　小さなコックスが同意するように鳴き、ローレンの肩の上にのった。彼女はそれを愛おしそうになでる。

「私の。……私だけのコックス。私はもしかしたらずっと、あなたを待っていたのかもしれないわ」

＊＊＊

夢を見ていた。

私はいつものように城の内周をレオと駆け回っている。

走り始めた八歳の頃は、苦笑しながらも微笑ましく見守ってくれた兵士たちも、十五歳を過ぎる頃から、いぶかしげなまなざしを向けてくるようになった。私のやっていることは、貴族女性としては相当はしたないらしい。

やめるように進言してきた紳士もいた。それでも走り続けられたのは、レオが口添えしてくれたからだ。

『リンネは俺の訓練に付き合っているだけだ』

王太子に言われれば、それ以上強くも出れなかったのだろう。紳士はすごすごと背中を見せて去っていく。レオは私に向かって笑ってみせた。

『誰かになにか言われたら、今みたいに言っておけ』

『うん。……ありがと、レオ』

昔から、レオだけがかばってくれた。彼自身、よく『どうしてそんなに走りたいんだ』と言っていたから、ランニングに理解はなかったのだろうと思うのに。

『それにしても、リンネはどうしてそんなに走るのが好きなんだ』

その日も同じように聞かれて、私は考えた揚げ句、笑ってごまかした。

どうしてと言われても、理由なんかわからない。

あの頃――凛音は気がついたら走っていた。もともと足が速かったというのもあるけれど、走っていると気持ちがよかった。勉強は人並みな私が、唯一褒められるのがそれだったっていうこともある。

お父さんもお母さんも、仕事の忙しい人だったけど、大会のときだけは応援に来てくれた。私にとっては愛されることはすべて走ることから派生したものだったから、走り続けていれば、幸せに近づいていけるのだと思っていたのだ――。

『よくわからないけど、気持ちいいんだよ。……周りの音が聞こえなくなって、自分の心臓の音ばかりが響くようになるの。苦しいんだけど、自由な気持ちになる』

『自由な……か』

私の隣に、レオがゴロンと横になった。王太子様がやるにはあまりに庶民的な動作で、おかしくなる。部活のときもそうだったな。陸上部は男女混合で、とくに意識せず隣に横になったりしてた。この距離感が、私は大好きだった。

『レオは？　走るの楽しい？』

『俺か？』

レオは少し考えて、ふっと目をそらした。

『疲れるかな。だが、まあ、楽しい。お前と走るのは』

少し照れたその顔は、なかなかにかわいくて格好よくて。

『うん！』

私は幸せだった。レオと一緒に走っていたら、それだけで幸せだったんだ。

だから、ここにずっといたい。難しいことなど考えなくてよくて、レオの命が脅かされることもない世界。

ここでずっと走っていれば、それだけで私は幸せになれる。

映画のフィルムを巻き戻すみたいに、私はもう一度走り始めるところに戻る。

あきらかにおかしいのに、それを無視して、何度でもこのシーンを繰り返した。

何度目かの走り終わりで、誰かの声がした。

『駄目だよ』

『誰？』

『リンネ、もっと幸せになれる方法、知らないの』

琉菜の声だ。体育会系の私と、オタクの琉菜。接点なんてほとんどないのに、琉菜といるのは楽しかった。それは琉菜がいつも、私には思いつかないようなことを言って、新しい世界を見せてくれるから。

『今も幸せだよ？』

『馬鹿ね。変化のない世界が、幸せなわけないじゃない』

はっきり言った琉菜の声に、私は首を振る。

現実は大変なことばかりある。幸せな今をずっと続けたいって望んじゃ駄目なのかな。

『リンネ。考えるの。想像して？　レオ様の呪いが解けて、でもリンネは目覚めない。そうなったら、どうなると思う？』

私は想像してみる。女性恐怖症も治って、命を脅かされることもなくて、レオは幸せになれる。身分のつり合うかわいいお嫁さんをもらって、王太子として立派に暮らしていくだろう。

『違うよ、リンネ。想像力ないなぁ』

『ええ？』

『レオ様はリンネが目覚めないから、ずっと付き添ってまた引きこもりになるの。体も鍛えなくなるからひょろひょろになって、執務も滞って、王位継承権も危ぶまれるんじゃないかな』

琉菜の全否定発言に、私は必死に首を振った。

『そんなことないよ。レオなら大丈夫』

『大丈夫なわけないよ。今まであんなにリンネに依存していた人が、簡単にひとりで生きれるようになるわけないじゃない』

琉菜の声はやがて、ローレンの声に変わっていく。

目の前に、赤毛のローレンが現れ、私に手を差し伸べてきた。

『だからリンネ。レオ様が好きなら起きようよ。リンネがいなきゃあの人、駄目人間になっちゃうよ』

『……でも私、もう』

レオが苦しんでいるのを見るのが嫌だ。無力な自分を実感するだけで、なんにもできない。

『呪文も魔法陣も、ちゃんと消えたよ。リンネのおかげで』

それを聞いて、私は心が軽くなるのを感じた。

『本当？』

『だから、リンネが戻ってくれないと、ハッピーエンドになれないの。ね、行こう。レオ様、待ってるよ』

ヒロインはローレンだったんじゃなかったの？と思ったけれど、元気になったレオを見たい欲には勝てなかった。

ローレンの手に、自分の手を預ける。ぐいと引っ張られて、突進した先にあったのは、光だ。まぶしくて、なにも見えないほどの――。

光に導かれるように、私は目を開けた。

「……琉菜？」

視界に赤毛の令嬢のホッとした顔が見えた。

「ローレンですよ。リンネ様」

「どうし……もがっ」

突然、口の中に熟した果実が突っ込まれる。

「ティン！」

「もがっ、ソロ？」

一生懸命、果実を押し込んでくるのはソロだ。

『やっと起きた。よかった。ほらリンネ。これ食べて、回復薬にもなるから』

頭の中に直接声が届く。果実はイチジクみたいな味がした。やわらかくて口の中ですぐつぶれていく。途端に、体の中に水分が満たされたような感覚になる。

「おいひい。これ……なに？」

『フィッグの実。魔力を最大限まで高めるもの。〝神の庭〟の大樹でもつくるのに二週間かかる貴重な実なんだ』

「そんな大事なもの……？」

ソロは私の頬をぺろりと舐めると、首を振った。

『リンネの魔力を高めるためにと、採ってきたけど。僕、遅かったね。今回も間に合わなかった。……本当はね、もっと早く持ってこれたんだ。大人になったら採れるから。これでリンネをもっと早くに覚醒させてあげてたら、こんなふうに無茶して倒れることなんてなかったのに。

リンネ、危険な目に合わせてごめん』

どうしてかわからないけれど、ソロが謝っている。

変なの。ソロは私を助けてくれたのに、どうして謝るの。

「謝ることないよ。私、ソロが大好きよ」

フサフサの毛をなでると、それだけで気持ちがいい。私も癒されていくみたい。

『僕も、リンネ好き。リンネの手はいつもあったかい』

朦朧としたまま、ソロの頭をなでていると、突然ソロがひょいと抱き上げられた。

『触るな！』

「そろそろ交代しろ、珍獣」

ソロとぎゃんぎゃん言い合いするのはレオだ。ソロをぽいと投げ捨て、心配そうな顔で私を覗き込んでいる。

「レオ」

「よかった。ちゃんと目覚めて。お前、二日間も目を覚まさなかったんだぞ？」

「ええ？」

そんなに寝てた？　記憶にないけど。

レオは泣きそうな目を細め、私の右手を取ると、そこに額を押しつけた。

「よかった。生きてて」

「あはは、レオこそ、無事？　魔法陣は？」

「消えた。呪文も、全部お前が消してくれた」

「本当？　よかった」

「でも俺は死ぬかと思った」

レオの顔は、私の手で隠れて見えない。だけどなんだか泣いているように見えた。

「お前が目覚めなければ、生きることに意味なんて見いだせないって、ずっと思っていた」

「レオ？」

それは駄目でしょう。レオは生きなきゃ。やっと、ジェナ様の魔術から解放されたのだから、幸せにならないと。

「リンネ」

危ない、危ない。夢の中でローレンに言われた通りになるところだった。

レオは真剣な顔になったかと思うと、私の後頭部を掴んで引き寄せる。

「……え？」

顔が近い……と思っているうちに、唇に優しく温かいものが触れた。呆然としているうちに唇は離れ、耳もとで優しいテノールがささやく。

「愛してる。リンネ」

私は、燃えたぎっていた石炭を胸に放り投げられたように、体中が熱くなった。

「なっ……なっ」

キスされた！　ええ？　レオに？

顔が熱くて無性に照れくさい。

だが、レオは私の動揺など気にした様子もなく、力強く私を抱きしめる。

「もう気持ちを抑えるのはやめる。俺は初めて会った八年前からずっと、お前しか見ていない。……ずっと好きだったんだ」

レオの耳が赤くなっている。体を気遣うように優しく背中をなでてくれる手には、深い愛情が感じられた。

私はこんな熱烈な愛情表現を受けるなんて思ってもいなかったから、胸が苦しいやら顔が熱いやらで、体がおかしくなってしまいそうだ。

「や、ちょっと待って。だってローレンは？」

「なんで、ここでローレン嬢が出てくるんだ」

「はい。そこまでです！」

私とレオを引きはがすように、間に人の手が入ってきた。ローレンだ。

「レオ様。大事な告白シーンなのに、こんな人がいっぱいのところでなんて台なしです。デリカシーがなさすぎます」

なっていた。

「だったらお前たちが出ていけ」

「リンネを目覚めさせたのは私ですよ？　その態度はどうかと思いますー！」

私の寝ているうちになにがあったのか、ローレンはすっかりレオに強気に出られるように

「くっ……わかったよ」

「レオ様は少し落ち着いてください。私もリンネに話があるんです」

そうして、レオと交代する形でローレンが椅子に座る。

「お前を助けてくれたのはローレン嬢だ」

「ローレンが？」

ローレンは少しバツの悪い表情をしつつ、舌を出してへらりと笑ってみせた。

「私にも、〝力〟が発現したんだよ」

「え、でもソロは」

「この子が私のコックス。イリスって言うの」

「ティティ！」

たしかに、ローレンの肩にはソロによく似た小さなコックスが乗っている。

「ローレンも癒しの力が使えるの？」

「……いや、力についてはまあ、後で説明するわ」

ローレンは言いにくそうに目をそらした。なんだ？　そんなに変な力なのかしら。

「じゃあ、ローレンが助けてくれたんだね。ありがとう」

そう言ったら、ローレンが感極まったように抱きついてきた。

もう仲直りでいいのかな、なんて私もホッとして抱きしめ返す。

「今度こそ、早死になんてごめんだから。私もリンネも、おばあちゃんになるまで長生きするんだよ。琉菜と凛音のためにも」

そうだね。若くして死んだ前世の私たち。まだまだやりたいことだってあったもんね。

「うん！」

「ずっと友達なんだからね、リンネ！」

なんだかよくわからないけれど、友情は復活でいいらしい。よかった。ローレンとケンカをしているのは悲しいもん。

ローレンが落ち着いたところで、今度はレオのことが気になる。

「ところで本当にレオの魔法陣は消えたの」

「ああ、綺麗さっぱり、腕の呪文まで消えた」

「本当？　見せてよ」

私の発言に、周りが固まる。あれ、なにかまずいこと言ったかな。

「いや、ちょっとここでは」

「なんで。脱がないなら脱がすよ」

「だからお前はもう少し恥じらいを持て！」

レオが真っ赤になって言ったときにはすでに、私はレオの上着に手をかけていた。長く寝ていたせいで、動きはぎこちなく、レオが本気で逃げようと思えば逃げられるはずなのに、観念したのかじっとしている。

「きゃー、レオ様の裸！」

うしろで盛り上がっているのがローレンで、クロードはあきれたように黙って見ている。

そして私は今頃になって、令嬢が王太子の服を脱がすのは普通あり得ないのだったと気づいた。……まあいいや。今さらでしょう。

はだけたシャツの中に、レオの隆起した筋肉が見える。だけどそれだけで、赤黒い呪文も、禍々しい魔法陣もすっかり消えている。

「本当だ。すっかり綺麗になっている。よかった！」

ホッとした途端、妙に気恥ずかしくなってきた。だって、私の理想の筋肉がついた胸板や、腕が目の前にあるんだよ？　今までの私、どうしてこれを平気な顔で眺めていたんだろう。

「も、もういい」

目をそらして彼のシャツの前を閉めると、反応の違いに気づいたのか、レオが意地悪な顔で笑った。

「どうした。見たいんじゃなかったのか。存分に見ていいんだぞ」

「もういい」

「なに今さら恥ずかしがってるんだ」

「だって。なにも書かれてない裸見てるのって、裸見るのが目的みたいじゃない！」

「見たくないのか」

「恥ずかしいよ」

私がそう言うと、レオもクロードも笑い出す。

「お前に、まともな神経が残っていたようでよかったよ」

散々な言い草である。まあ反論はできなかったが。

エピローグ

最近、王都ではこんな噂話が広がっている。

レオ王太子がこれまで引きこもりだったのは、リトルウィック出身のジェナから呪いをかけられていたからで、それを救ったのが、神獣から特別な力を授かったふたりの聖女——彼の婚約者であるリンネ・エバンズ伯爵令嬢と友人のローレン・レットラップ子爵令嬢——だというものである。

それはクロードが意図的に流した噂なのだけど、彼の予想通りに広がっていて、今や私とローレンは一躍時の人だ。

私が目覚めてから、レオは一週間休暇を取るように言い、私を城から出さなかった。自らも学園を休み、代わりに家庭教師を呼んで、学園の授業に遅れないように万全な体制を整えつつ、私のそばから離れない。もうどこもおかしくないと言っているのに、超一流の医師を主治医につけ、食事の介助を自らするかいがいしさに、国王様はあきれた様子だ。

王妃様はうれしそうに、日に一度は冷やかしにやって来た。前から思っていたけれど、今回の件で確信した。この世界にロマンス小説があれば、この人絶対ハマっていると思う。

クロードはいつも通りの飄々とした態度で、「ふたりとも、婚約破棄の申し出は、取り下げていいんだよね」と雑務処理を引き受けてくれた。

「あの、クロード」

「なんだい、リンネ」

あの告白の日以降も、クロードは変わらずお兄ちゃんのように接してくれる。だから私も、以前と変わりなくいられるように、甘えることにする。

「また狩りに行きたいな」

へらりと笑うと、クロードはあきれたように半眼になって、私のおでこをツンとつついた。

「……リンネは相変わらず無謀だね。学園に普通に通えるようになってから、しばらくたたないと許可できないな」

「えー！」

「えーじゃないよ。当然でしょう。まったく、いつまでたっても子供みたいなんだからなぁ」

今まで通りのやり取りに、私はすごくホッとした。

そこで、視線の圧を感じる。レオが、じっとこちらを見ているのだ。

「レオ……なに？」

「いや。お前たちは仲がいいなと思ってな」

これは嫉妬だろうか。いやでも、今までもずっとこんなふうだったじゃない？

クロードはくすくす笑いながら、持っていた本で軽くレオの頭をたたく。そんな仕草もお兄ちゃんぽいなぁと思う。

「レオは相変わらず嫉妬深いね。心配しなくても、僕はちゃんと君たちのこと、祝福しているんだけどな。それに、これから魔術院の立ち上げだなんだと忙しいんだ。女性に夢中になっている暇もないし」

クロードは、今回の研究結果をもとに、ハルティーリアにも魔術を復活させようとしている。まずは、魔術が得体の知れないものだという民衆の先入観を変えるところからだ、と今回の私とローレンの功績を周知させ、魔術は人を癒すものだという切り口で攻めるつもりらしい。

『あの人、優しそうな顔してるけど、結構サド！　私の体はひとつしかないのに、持ってくる仕事量がえぐすぎる！』

と、すっかり広告塔にされたローレンは、時々私に愚痴を言いにくる。

『でも、ローレンは、力を使えば使うほど魂が綺麗になっていってるけど』

そう言うのはソロだ。彼は魂の色を見ることができる。八年前に最初にローレンを見たとき、焦りと不安で黒ずんだ色に不快感を覚えていたらしい。先に私という魔力供給先を見つけていたので、以降はローレンとは鉢合わせしないように逃げ回っていたのだと教えてくれた。お茶会のときの、あの警戒した態度の理由が、ようやくわかった。

でも、イリスという相棒を手に入れた彼女の魂からは、にごりが取れてきたのだそう。

『イリスはちょっと汚れているくらいが好きって言っているけどね』

ローレンの神獣は、ソロの妹らしい。生まれて一年もたたないのに自立精神が旺盛で、しっかりしている。何年たっても子供でいたがったソロとは大違いだ。

「リンネ、入るぞ」

扉がノックされ、レオと侍女が連れ立ってやって来る。

「食事の時間だ」

侍女がお盆にのせた食事を持っていて、私のベッド脇に座ったレオに手渡して、すぐに出ていった。

「ほら、口を開けろ」

「レオ、甘やかすのやめてよ。私は自分で食べられます」

もう寝ていなくたっていいくらいなのだ。なのに、体力がしっかり回復するまでは寝てろ寝てろってうるさいんだから。

「ちぇ、食べさせるのが楽しみなのに」

拗ねるレオからお盆を受け取り、自分で食べ始めた。

「そういえば、レオ、いつの間にか女性恐怖症も治ったんだね」

さっき、お盆を受け取るときに侍女が至近距離に来たのに、顔をゆがめることもなかった。

「ああ。すっかりな」

「腕の呪文が消えたから?」

「いや、腕の呪文は魔法陣を描くためのもので、魔法陣は悪魔を呼び出すための召喚魔法らしい。女性恐怖症は単純に、俺のトラウマだったようだ」

「じゃあどうして治ったんだろ」

「お前が上書きしてくれたからじゃないか？」

そこから、レオは今まであまり詳細に語ることのなかった昔の心情を教えてくれた。

八歳のレオには、監禁された恐怖もあって、狂気の表情で針を刺すジェナ様が化け物のように思えたらしい。助け出された後も、女性が近づいてくるとジェナ様の顔が頭にちらついたそうだ。だけど、私がレオの胸に針を刺していたとき、脳裏に浮かぶジェナ様の顔が、やがて私の顔に変わっていったらしい。

「お前が泣きながら針を刺している姿は、恐怖からはほど遠かったからな」

それで、彼の心を支配していた恐怖が消えたような気がしたのだという。

「それでな、なぜ最初からお前には触れても大丈夫だったのか、考えていたんだ」

ぽつりとレオが話しだす。それは私も気になっていたので、なにかしらの答えがあるならぜひお聞かせ願いたい。

「たぶん、悪意や同情が感じられなかったんだろうな。母上はおば上にあんな目にあわされた俺を憐れんでいたし、寄ってくる令嬢は下心が見え隠れしていた。メイドも引きこもりの俺をどう扱えばいいのかわからなくて不安だったのだろう。そういった負の感情を感じるたび、俺はおば上の強烈な憎悪を思い出してしまっていたんだ。……お前だけだ。なんの感情もなくコックスと勘違いして飛びついてきた揚げ句、人の服をはいで偉そうにしていた奴は」

私が、レオを王太子だとわかっていなかったからよかったってことかな。一応、追われているのかなって同情はしたつもりなんだけど、レオのセンサーに引っかかるほどのマイナスの感情じゃなかったのだろう。

「思い返せば失礼だったね」

「いや？　俺はうれしかった。なんて失礼な奴とは思ったけれど、俺が王子だと知らなくても、助けようと思ってくれるんだと思えてな」

私にはよくわからないけれど、王族には王族のかかえる悩みがあるのだろう。

もしかしたらレオは、ジェナ様から救出してもらえたのも、自分は王子だからだと思っていたのかもしれない。レオがレオとして、助けられたわけではないのだと。私にはどっちでも一緒だろうと思うけれど、レオにとって、王太子ではなく、自分個人として見られることは、想像以上に重要なのだろう、きっと。

食べ終わり、お盆を渡すと、レオはそれをサイドテーブルに移してから、思い出したように胸ポケットを探った。

「そうそう、お前に、渡すものがあるんだ」

「え？」

「あの日は突っ返されたが……」

取り出されたのは、婚約破棄を申し出た日に見せられた紫水晶と真珠で作られたブドウ型のかわいいペンダントトップがついたネックレスだ。

「これ……」

「突っ返されたときはショックだったがな」

レオは中腰になり、私にそれをつけてくれた。鎖骨の間で、小さく揺れるブドウがかわいい。最近のご婦人たちに人気があるのは、肌にぴたりと張りつくような平面のものなので、日本でよく見るこのデザインはハルティーリアでは珍しい。でも私は、こっちの方が好きかも。

「綺麗ね。それにこの水晶、レオの瞳の色みたい」

「それと、改めてお前に伝えておくことがある」

おもむろにレオが咳ばらいをした。大事なことを言われる空気に、私も思わず背筋が伸びる。

「リンネ・エバンズ」

「はい！」

引き締まった口もと、真摯に私を見つめてくる紫水晶のような瞳。

頬のあたりに熱を感じる。前から顔はいいなと思っていたけれど、気持ちを自覚してからは、見ているだけでドキドキしてしまうようになった。最近のレオはまぶしすぎる。

「俺はお前を愛している。幼い頃から、ずっとだ。ほかの女に目移りしたことなど、一度もない。俺には、お前しかいないんだ。だから、婚約は破棄しない。お前がクロードを好きでも、お前を手放したくないんだ！」

まっすぐな愛情表現が、痛いくらいに突き刺さる。もう私を殺す気ですか。

それにしても、ひとつ引っかかることがあるんだけど……。

「え、っと。私、べつにクロードを好きなわけじゃないけど」

「は？　だって婚約破棄したいって……」

「あれは、レオを救うには私がいちゃ駄目だって思ったからで……。クロードはお兄ちゃんみたいなもんだよ」

さらりと言ったら、レオは力が抜けたように座り込んだ。

頭をかかえて、はあと大きな息をつく。

「……なんだよ。俺はこれからどうやってお前を振り向かせようかと必死に考えていたのに」

うなだれるレオが、とてもかわいい。ドキドキして、照れくさくて逃げたいくらいなのに、うれしくて顔がニマニマしてしまう。ああ好きだなぁと改めて思う。

私が頭をなでると、恥ずかしそうに上目遣いで見られた。また心臓が暴れだす。男の人の上目遣いって妙に色気があるよね。

「ねぇ、レオ。私とずっと一緒に走ってくれる？」

「体力が動く限りは」

「私より先に死なない？」

「それは善処するとしか言いようがない」

「私、王太子妃には向かないと思うんだけど、そこはどう思う？」

「向かないと思っているのはお前だけじゃないのか。ローレン嬢も、お前は自分を犠牲にしてでも他人を守る人だと言っていたぞ。王妃は、時には自分よりも国家を思わねばならないことがある。お前にその資質がないとはとても思えないな」

ローレンがそんなこと言ってくれたとは意外だ。なんだか気恥ずかしくなっちゃう。

「お前に足りないものがあるとすれば、俺を好きっていう気持ちくらいだ」

「え？　好きだよ。言ってなかったっけ」

反射で答えたら、レオの顔が真っ赤に染まる。

あ……なんかしまった。また恥ずかしいことを言ってしまったかもしれない。

「本当か？　兄弟みたいな意味だとか言ったら、さすがに落ち込むぞ」

「うん。私、レオが好きだから、生きててほしくて必死だったんだよ」

レオが目を細めて、うれしそうに笑う。

「だったら、十分だろ。ほかになにが必要なんだ」

大きな手が私の頬に触れ、彼の顔が近づいてくる。なんとなく目をつぶってそのときを待つと、やわらかな唇が、そっと私のそれに触れてきた。

うわあ、キスをしている。二回目のはずなのに、全然慣れない。

ものすごくドキドキして、気恥ずかしくて、誰もいないはずなのに周りが気になっちゃうけど、その反面、ずっと触れていたいとも思う。

恋をするのって、こんなにたくさんの気持ちを自分の中にかかえることなんだね。

すごく大変そうだけど、ずっと私に寄り添ってくれたレオとだったら、なんでも乗り越えられるような気がする。

「ずっと一緒に走ってやるから。ずっと俺のそばにいろ」

吐息交じりに彼の声が耳に届く。私はそれがうれしくて、思いきり彼に抱きついた。

「レオ、大好き」

「……リンネ」

感極まったような声ののち、ゆっくりとレオの手が背中に回る。

私はようやく、自分の無事と彼の無事を実感することができて、心の底からホッとしたのだ。


時は流れ、今日は卒業式だ。

学生と卒業生の保護者が出席していて、講堂は人で埋め尽くされている。

式辞を読むのはレオで、来賓として出席している陛下は、涙目でそれを見ていた。

……うん。本当に親馬鹿だよね。

「私がこの学園に通ったのは、ほんのわずかな期間です。けれど、ここで得た友は一生の宝となるでしょう」

いつの間に友達をつくったんだ。おかしくない？　私なんてずーっと通っていたのにローレンしか友達いないけど。

「ねぇ。レオ様こっちばっかり見てない？」

にやにやと笑いながら、私に耳打ちするのはローレンだ。

「そう？」

「あれ、絶対褒めてほしいアピールだよ。レオ様、リンネの前だと子犬みたいだよね」

「そうかな」

私たちの会話を聞いていたのか、周りの女生徒もうんうんとうなずきだす。

「悔しいですけれど、レオ様はリンネ様しか見ておられませんものね」

ポーリーナ嬢が苦笑する。

私がレオを救った話と、その後私が回復するまでのレオの献身的な介護は、ローレンにより美談となって伝わっていた。おかげで、学園に復帰してから、みんなが妙に優しい。

「あたり前よ。リンネはレオ様の命の恩人だもの！」

得意げに言うのはローレン。なぜ私よりもあなたが誇らしげなのだ、とは思うけれど、まあいいや。

せっかくのレオの晴れ姿を、目に焼きつけておく方が大事だもん。

式が終わると、卒業パーティが催される。

主役は卒業生たちなので、在校生である私たちは適当に誘ってくる相手と踊ったり食事をしたりしていればいい。この料理がおいしいので、ひと月前から楽しみにしていた。

「リンネ。踊ってくれるか？」

だが、早々にレオが誘いにきてしまったので、私は目の前の食事に別れを告げねばならなくなった。

少し膨れていると、「なにを怒っている」と頭上から声がした。

もうほかの令嬢とだって踊れるはずなのに、レオは今も適当に理由をつけて私としか踊らない。結果、私はずっとレオと踊ることになるので、彼とのダンスは慣れたものだ。呼吸するように踊ることができる。

「べーつにー。ただ、狙ってた蒸し鶏を食べ損ねたってだけ」

「また食べ物か。後でいくらでも食わせてやる。先に学園の男たちに見せつけてやらねばならないからな」

「なにを」

「お前が、俺のものだということだ」

微笑まれるのと同時に腰を引き寄せられ、レオが私の額にキスをした。

周りからざわめきが生まれるものの、レオはなに食わぬ顔でまた踊りだす。

なんてことをしてくれるのだ。こんな……こっぱずかしい。

「お前が好きで好きで仕方ないんだと、皆に教えておかなければ」

いや、それはやりすぎだ。王太子たるもの、毅然《きぜん》としていればいいと思う。女にうつつを抜かしているなどと言われたらどうするのだ。

いさめようとしたけれど、急に音楽がアップテンポになって、それどころじゃなくなった。

「え？　速くない？」

周りで踊っていた人たちが、ついていけなくなって動きを止める。

レオは楽団の方を向き、くすりと笑ってみせた。

「ローレン嬢の計らいのようだな。ついてこれるだろ。リンネ」

負けん気の強い私は、当然うなずく。

「そりゃ。もちろん！」

クルクルと回りながら、私は楽しくなってきていた。一緒に走っているときみたいだ。徐々に周りから音が消え、私とレオの息遣いだけが響く。触れた手の先から、ワクワクした気分が生まれてくるみたい。

夢中になって踊った後には、割れんばかりの拍手が待っていた。

どうやら、このテンポの速い踊りについていけたのは、私とレオだけだったようだ。

「みんな、ありがとう。俺はこれからも、彼女と共にこの国を守っていくことを誓う」

極めつけに、みんなの前でプロポーズまがいのことをされた。勘弁してほしい。

ツンツン王太子だったくせに、この変わりようはなんなのだ。

なんだかわけがわからないけれど、この世界は、『情念のサクリファイス』の結末とは違う方向にいってしまったらしい。

だけど、みんなが笑っているから、これはこれで、いい結末だと思うことにしよう。


【Fin.】

特別書き下ろし番外編

恋する彼女へ贈るもの

その日、僕は珍しいものを見た。

レオが、図書室でうんうん唸っているのだ。

学園に通わないレオは基本、外出をしない。執務は執務室でおこなうが、それ以外は自室か勉強部屋にいることが多い。外に出るのは、リンネが引っ張り出して走るときくらいだろう。

彼の体つきが逞しくなったのも、あまり病気をしないのも、ひとえにリンネが鍛えてくれたおかげだ。

剣術の訓練だって、リンネと出会う前はほとんどしなかった。

いつ頃からか、僕に対抗するように真面目に取り組むようになったけれど、そのきっかけがリンネの『私も剣を習いたいなぁ』だったことに、僕は気づいている。

そんな、リンネで頭がいっぱいな彼が、図書室にいるのも珍しいことだった。

「レオ、なにか調べものかい？」

「うわっ、クロード！」

オーバーリアクションでレオがよけたため、積み上がっていた本のいくつかがバサバサと落ちてしまった。

「なに調べてるんだい」

「あ、これは」

「なになに？　時計の構造？」

覗き込むと、レオは体で本を隠すようにして、なぜか恥ずかしそうに答えた。

「いや、これはそのっ……今より精度のいい時計が作れないだろうかと思って」

時計は、貴重品に分類される。

平民が個人で持つことはほとんどなく、彼らは鐘楼の鐘を基準にして生活している。貴族は懐中時計をひとりひとつは持っているが、時間に関してはみなルーズだ。『三時に会議室へ』などという通達はよくあるが、遅れてくるのが普通なくらいだ。

「それは……需要がないから作っても意味がないと思うんだけど」

「需要はある。それに、時計と言ったが、時間を計るものを作りたいんだ」

「計る……？　時間を知りたいんじゃなくて？」

「……実は」

聞けば、それを言いだしたのはリンネらしい。

『タイムを計りたいんだよね』

『タイム？』

『そう。走った時間を計測するの。前回より速くなったとわかれば、やる気が出るじゃない』

時計の最小単位は秒だ。しかしリンネはさらに細かく計りたいと言ったらしい。

「それで時計の構造から調べているんだが……」

真顔でそんなことを言うレオにあきれてしまう。

「レオが一から作ったら、どれだけ時間がかかると思ってるんだよ。何事も専門家に相談するのが一番早い。時計職人を呼びつければいいじゃないか」

「そ、そうか」

「……君は賢いくせに変なところが抜けているよね」

すべては対人関係の経験が少なすぎるせいなのだろう。人に頼ればなんとでもなることを、すべて自分で片づけようとする。まあ、それを教えてくれるのもリンネなんだなぁと思うと、微笑ましい気持ちにはなってくるけども。

リンネに対して、僕も普通よりは好意を持っている。少なくとも、育てれば恋になる程度の気持ちは。だが、それをする気にならないのは、目の前のレオが、ほかのものにまったく目が向かない勢いでリンネのことを好きだからだろう。

「時計職人をひとり呼ぼう。まずは相談に乗ってもらうんだ。君の言うような機能がついている時計は今のところ我が国にはない。つまり特注になるわけだ。金銭的に、通常よりもかかるけれど、それはかまわないね？」

「ああ」

「それと、すべてを思い通りにできるとは思わないこと。人間の能力には限界がある。今の技術力でできる限りの努力を職人はするはずだ。その限界が君の希望のラインまでいかなくても、叱責しないように。先に自分の頭の中で、時計につけたい機能の優先順位をつけておくといいよ。それをもとに、どこまでが可能かを照らし合わせていくんだ」

「わかった」

レオは基本的に素直なので、僕の忠告はわりと従順に聞く。

これはいつか、帝王学でも学ばせなければならないことだったのでちょうどいい。この機会に人を使うということを彼にたたき込もう。

結局、レオの意向がより細かい時間を計ることであると知った時計職人は、時間、分、秒にあてられていた針を、分、秒に加え、もう一段階細かい単位を作り、それにあてることとした。

「より細かい歯車が必要ですので、細工にしばらくお時間いただきます」

そうやって時計職人が帰った頃には、レオは満足そうな顔をしていた。

「どう？　思ったものができそう？」

「ああ。ありがとう、クロード」

晴れやかな顔を見せられると、僕もうれしい。

「無事にリンネに渡せることを心から祈っているよ」

それから、ひと月後、ちょうどレオとリンネの婚約発表の日だった。

ようやく仕上がったその時計もどきを、レオは手で遊ぶように何度もいじっている。

「ああ、できたんだね、それ」

「うん」

あれほど思考錯誤して、ようやく実物を手にしたというのに、レオの顔はあまり冴えない。

「……なにか困ってる？」

「いや、……なんて言って渡そうかと考えていた」

軽く頬を染めながら、初恋に戸惑う少年のようなことを言われて、こちらが驚いてしまう。

「プレゼントだろ？　そう言って渡せばいいじゃないか」

「こんなもの……と思われないかな」

目が点になるとは、こういう状況のことを言うのだろう。

「まあ、普通の令嬢なら〝こんなもの〟じゃない？　でも、その珍妙な時計を欲しがってたのはリンネなんだから、喜ぶに決まってるじゃないか」

「そうだよな」

勇気づけられたようにうなずくと、レオはリンネを迎えにいった。

結論から言うと、時計は渡せなかったらしい。

「なにやってるんだい、君は」

「だって。着飾るのがうれしいなんて、リンネが言うと思わなかったんだ」

婚約発表の日。リンネは侍女たちに思いきり着飾られたらしい。僕が見ても、いつものリンネに比べて、格段におしとやかで上品で美しかった。

リンネは、自分の変身に、それはうれしそうにしていたのだそうだ。

「婚約の日だ。贈りものは装飾品にすべきだった。そう思ったら渡せなくなってな……」

そう思い至ったレオは、時計を渡すタイミングを逃してしまったのだそうだ。

そして今度はアクセサリーを特注するために、宝石職人を呼びつけている。

「イヤリングは動くのに邪魔だろうから、ネックレスにしようと思うのだが」

「そうですね。このように肌に張りつくデザインが人気ですが」

いくつかのデザイン画を見せられ、何度もやり取りを重ねる。

この根気強い協議を、執務のときも見せてくれればいいのにと思いながら、僕はいったん仕事に戻る。

そして、二時間後に戻ってきたとき、レオはようやく決めたデザインを満足そうに見ており、宝石職人は疲労困憊で帰っていった。

「決まったのかい？」

「ああ、婚約者には自分の瞳の色を身につけてもらうのが通例だと聞いたのでな」

見せられたデザイン画は、シンプルな鎖に、宝石が鈴なりについたものだった。レオの瞳が紫なので、アメジストを使用するらしい。色を活かすためなのか、ブドウを思わせるデザインになっている。

当初話していた人気のデザインと違ったことに疑問を感じて聞いてみると、「動きのある方がリンネらしいかと思えてきてな」という返答だった。

僕は少しばかりあきれてしまう。

レオの口から出るのはリンネの話ばかりだ。ほかの女性とは話もしないのだから仕方ないかもしれないが、人生の八割方彼女でできあがっているのではないかと心配にもなる。

「喜んでくれるだろうか」

「なんで僕に聞くんだい」

「お前の方が、こういうのに慣れていそうじゃないか」

「僕を女たらしのように言わないでくれるかな。夜会でダンスをしているだけだろう。あれは礼儀だよ。僕には決まった相手もいないし、結婚もまだする気がない」

「そうだよな。案外一途なんだよな、お前……」

なにを勘違いしているのか知らないが、レオはブツブツと独り言をつぶやき始めた。

「君は、リンネが君のためにと一生懸命に考えてくれたものが、運動用の服だったとして、もらったらうれしくないのかい？」

「なんで知っているんだ」

顔を真っ赤にして言い返された。

もう、もらっていたのか。というか、それ、贈っちゃうのか、リンネ。彼女こそ男心を理解した方がいいのではないだろうか。

ちょっと冷たいまなざしになってしまって、慌てて笑顔で取り繕うと、レオは頬を染めながらそっぽを向き、「……うれしいに決まっているだろ」とつぶやいた。

なんだろう、リンネの話になると途端にかわいいな。

「それと同じで、リンネだって君からなにをもらったって、うれしいに決まっているだろう」

「そうかな。俺がうれしいのは、リンネが好きだからだぞ?」

だからリンネは君が好きだろう、あきらかに。

そう言っているつもりだが、まったく通じていない。これが学園に行っていない弊害なのかもしれない。人間関係の経験がなさすぎる。

「……僕はそろそろ疲れてきた」

「どうした?　調子が悪いのか」

「かもね。ちょっと休んでくるよ」

ひらひらと手を振って、レオの部屋から退散する。

せいぜい悩めばいいよ。どうして僕が、両思いのふたりにこんなに振り回されなければならないのだ。少しはレオも苦労するといいんだ。

僕がそう望んだからかどうかは知らないけれど、その後、ネックレスを渡そうとしたときに婚約破棄を言い渡されるなど、彼的には散々な目にあったらしい。


結局、呪文も魔法陣も消えた彼は、今は幸せそうに暮らしている。

リンネの胸もとには、彼が贈ったネックレスがキラキラと輝き、ふたりは相変わらず城の内周を走り回り、衛兵たちにまで眉をひそめられている。

「ほら、タイム上がったよ！　見て、レオ！」

「あっ！　クロード！」

いつぞやは渡せなかった時計も、今は無事にリンネの手の中だ。

「やあリンネ。そろそろ休憩の時間じゃないのかい？　料理長におやつを頼んでおいてあげようか」

「やった！」

僕は、ほんの少しの胸の痛みと引き換えに、手に入れたこの光景に満足している。

彼の幸せに、彼女の笑顔に、これからも幸あれ、と思う。

ソロの秘密の場所

ハルティーリアの西南部、リトルウィックとの国境にほど近い位置にある火山には、神の力が宿っている。

麓《ふもと》にある森、通称『神の庭』は魔力が豊富で、魔力を餌とする神獣コックスにとっては、大切な場所だ。人の手が入らないほど奥地にあるので捕まる危険がなく、安全に暮らせる。そのため、ここはコックスの出産の場所にもなっている。

「あら、ソロじゃないの」

「ただいま！」

僕が顔を見せると、出産間近の顔なじみが、驚いたように目を丸くした。

コックスは人間が食べるものも口にすることはできるが、ただ摂取して排せつするだけで、身体機能を維持するのに役に立たない。僕らにとって必要なものは、魔力なのだ。

成長してここを出たコックスが、巫女を探して仕えるのには、巫女の力を目覚めさせる以外に、自らに必要な魔力を得るという理由もあるのだ。

僕はこの森の、ご神木とも言われる大樹の下で生まれた。

あの日のことを僕は今でも覚えている。お母さんが舌で体を舐めて綺麗にしてくれて、そよそよと優しい風が濡れた毛を乾かしてくれた。やわらかな木漏れ日が僕の体を温め、森全体が、僕の誕生を祝ってくれたのだ。

僕はほかのコックスよりも、森の声がよく聞こえた。とりわけ、生まれた場所にいた大樹とは、意志の疎通ができた。

僕が喜べば、大樹はさわさわと葉を揺らして一緒に喜んでくれ、悲しいときは、枝を下ろし、落ち葉を落として包んでくれる。

だから僕は、ここにいることが楽しかったし幸せだった。お母さんにどんなに急き立てられても、安心できていくらでも甘えられるこの森から、なかなか出ることができなかったのだ。

ある日、痺《しび》れを切らしたお母さんに、無理やりに外の世界に連れていかれた。嫌で嫌で仕方なかったけれど、僕はそこでリンネに出会えた。

リンネは元気でかわいくて優しくて、お母さんみたいに甘えさせてくれるんだ。

「ソロ、どうして帰ってきたの」

「遊びにきた。欲しいものがあって」

「欲しいもの？」

僕は大樹の下に立つ。大樹はうれしそうに葉を揺らした。

「大樹様。欲しいものがあるんだぁ。リンネが、昼間居眠りをしてしまって困ってるんだって。口に入れたら目が覚めるものが欲しいなぁ」

僕が額を幹にあてててそう願うと、大樹はさわさわとさざめいて応える。そうして僕が二日ほど、大樹の根もとに祈りをささげると、不思議な木の実がなっているのである。

これは、森と会話できるコックスの、特別な能力だ。森の持つ力を、持ち運びができる木の実として凝縮させることができる。

森の木々が力を貸してくれなければつくれないし、欲しいと望んだコックスに力が足りなくてもできない。今の僕がつくれるのは、ブルーベリー程度の大きさのものまでだ。

「ありがと。大樹様」

僕はお礼を言って、その実を持ち帰る。

僕とリンネはまだ言葉を交わすことができなかったけれど、リンネは僕の持って帰るものを、疑いなく口にした。

リンネが僕を信用してくれるのがうれしくて、僕は尻尾を揺らした。特別なことをしなくても、尻尾に顔を押しつけるだけで「もふもふ！」と喜んでくれるのもうれしい。リンネのそばは、とても居心地がいいんだ。

僕はリンネが好きだ。お母さんと離れて寂しかった夜、一緒のベッドで寝てくれた。乳白色に光る綺麗な魂を持っていて、与えられる魔力は甘くておいしい。

リンネはリトルウィックとはなんの関係もないから、正確には巫女ではないかもしれないけれど、僕はかまわない。魔力を持っているのだから、僕が仕えるのに十分な資格があると思う。

リンネは元気だと、魔力がいっぱいになる。

だから、僕はリンネの望みを叶える。僕は大樹様にも大事にされているから、木の実をつくるのはあまり大変じゃないのだ。ただ、もらいにいっている間、リンネと離れていなければいけないのだけが不満だけど。


そんな生活が何年も続いた頃、僕は森で、お母さんと出会った。

「お母さん！」

「ソロじゃないか。どうしてここに戻ってるんだい」

お母さんは、僕を連れ出した後、もともと仕えていた巫女のところに戻ったらしい。そして再び妊娠し、出産のためにここに来たのだそうだ。

「へぇ。僕の弟か妹が生まれるの？」

「そうよ。もうじきね。それよりソロ。あのお嬢さんとはうまくやっているの？」

「うん！　リンネのために木の実を取りにきたんだよ！」

ちゃんと役に立っているのを褒めてほしくて、僕は胸をそらして言った。

リンネは、ココテインと名付けた実を、とても気に入ったようだ。最初に持っていった日以来、あれが欲しいと言われ続けている。

ただ、ココテインは大きく、つくるのに時間がかかる。そのため、僕は、一週間はここに居続けることになるのだ。

「それにしても、お前、大きくならないねぇ。もうとっくに二本目の尻尾が生えてもいいのに」

コックスの二本目の尻尾は大人になった証だ。さまざまな神力が使えるようになり、今よりいい木の実をつくることもできる。人間との意思疎通も可能になるのだ。

僕はぎくりとして目をそらした。実はもう、大人にはなっている。無理やり力を封印して、子供の姿を保っているのだ。

子供だったら、リンネが一緒に寝てくれる。思いきり甘えても許してもらえる。大人になることに、メリットなど感じなかった。

「子供のままだと、なにも守れないわ。ちゃんと心が育たないと大人にはなれないの。お前も、お前の巫女様もね」

僕がわざと子供のままでいることに気づいているのか、意味深なことをお母さんが言う。だけど、僕は、リンネのそばにいられればそれでいいのだ。リンネは強いしいつも元気だから、僕が守る必要なんてないような気がする。

木の実さえ持っていけば、リンネは喜んでくれる。それで十分じゃないのかな。

「大丈夫。リンネは強いから」

僕はそう言って、ココテインを持って、家路についた。

弟か妹が無事に生まれますようにと願いながら。

だが結局、僕は大人の姿になる道を選んだ。リンネがレオを救うために、僕にローレンの力を目覚めさせてほしいと願ったからだ。

コックスは巫女の力を引き出すことができる。

それは、古来、巫女をリトルウィックの地に率いたときからの約束だ。安息の地と、安定して力を使う手伝いをする代わりに、その魔力をコックスの餌として与えるという密約。

だけど、僕らにも選ぶ権利はある。僕はリンネのコックスなんだから、ローレンのコックスにはなりたくない。

だから、ローレンの力を引き出す以外でレオを救わなくてはいけない。

リンネの力は〝癒しの力〟なのだから、レオを救うことはできるはずだ。今はたぶん、魔力が足りない。だとすれば、さらなる覚醒を促すための実が必要になる。

それはコックス自身の力を大量に大樹につぎ込まなければできないので、大人にならなければつくれないのだ。

僕は大人の姿を解放し、リンネと言葉を交わし、魔力増強効果のあるフィッグの実をつくるために、再び森へとやって来たのだ。

「ティ！」

森に着くと、妹が出迎えてくれた。名前はイリス。活発に森の中を動き回っている。

「あなたと違って、元気がありあまっているのよ」

お母さんはそう言い、僕をイリスに紹介してくれた。

「お兄ちゃま？　どこから来たの？」

「外からだよ。リンネのために木の実をつくりにきたんだ」

「じゃあ帰る？　私も行きたい！　ここは退屈！」

びっくりするほど冒険心の強い性格のようだ。

ここを出る以上、イリスも自分が仕える巫女を見つけなければならないが、一応ローレンというあまっている巫女もいる。イリスさえ気に入れば仕えればいいだろう。

フィッグの実はつくるのに二週間もかかった。

「イリス、本当に一緒に行くかい？」

「うん！」

自立心旺盛な妹は、ためらいもなく僕と共に行くことを決め、あっさりと母に別れを告げた。

「ローレンっていう巫女がいるんだ。イリスが気に入るなら仕えるといいよ」

「ふーん。見てから決めるね。好きな色だったらお仕えするけど、そうじゃなかったら、お兄ちゃまの巫女様の魔力をちょうだいね」

どこまでもしっかりした妹である。

結果として、イリスはローレンを選んだ。リンネとローレンが仲良しなので、僕らも一緒にいることが多い。

「そばに兄ちゃんがいるから寂しくないだろう？」

「べつにいなくても平気だよ」

ドライな妹を前に寂しくなる僕は、やっぱり甘えん坊なのかもしれないと思う。


【Fin.】

あとがき

はじめまして、またはお久しぶりです。坂野真夢です。今回は初の単行本『どうやら悪役令嬢ではないらしいので、もふもふたちと異世界で楽しく暮らします』を手に取ってくださりありがとうございます！　リンネの異世界転生、楽しんでいただけましたでしょうか

さて、今回のお話、サイトで発表したものとは、だいぶ改変をしております。

実はサイトで更新している途中で、身内に大きな病気が発覚しました。どうしてという思いや、諦めたくないという気持ちがリンネとシンクロしてしまい、サイト発表のものは、魔法陣を消すまでのくだりが、ものすごく重たくなってしまいました。

書籍化にあたり、もふもふを投入し、サイト版よりライトな感じになるようにまとめ直してみました。正直、一作新たに書くぐらいの労力で、その頃の記憶がないくらい大変でしたが、できあがってみれば、重すぎもせず、自分の伝えたいことも入れ込め、なによりソロがかわいい感じに仕上がったので満足しています。

巫女の能力も、サイト版とは設定を変えていて、〝本人がもともと得意なことをチート化したもの〟としています。リンネであれば『手当て』ですね。ローレンが得意なのは『妄想』や『夢見がち』なので、あのような能力になりました。うまくすれば人を洗脳できそうなので、悪い方向に使わないことを願うばかりです。

ちなみに、琉菜がちゃんと覚えていない小説の中のローレンの能力は『どんな文字でも読める』もので、レオのピンチを前に覚醒し『文字を操れる』ようになり、腕の呪文と魔法陣を消したのです。

さて、今回イラストを担当していただいたのは⑪（トイチ）様です。もう表紙がキラキラしていて美しい……！　挿画のリンネもものすごくかわいいです！（ソロに手当てをしているシーンがすごく好きです！）もちろんレオもクロードも格好いいですし、ローレンもソロもかわいいです。⑪様、本当にありがとうございます。

担当の森様、ライターの佐々木様。的確なご提案や励ましをいつもありがとうございます。いい本を作ろうという熱意が伝わってきて、私も頑張ろうと思えます。スターツ出版の皆様、そのほか、この本を作るのに関わってくださったすべての方に、お礼を申し上げます。

なにより、いつもサイトで応援してくださる読者様。この本を手にしてくださった方々。読んでくださる方の声が、作家の栄養です。書き続ける力をくださる皆様に、一番の感謝を贈りたいと思います。ありがとうございます。どうか、みなさんに楽しい時間をお届けできていますように。

この作品が、誰かの力になることを、そして私の家族のもとにも、奇跡が起こることを願っています。

坂野《さかの》真夢《まむ》

どうやら悪役令嬢ではないらしいので、
もふもふたちと異世界で楽しく暮らします

2021年1月5日　初版第1刷発行

著　者　坂野真夢

発行人　菊地修一

発行所　スターツ出版株式会社

〒104-0031　東京都中央区京橋1-3-1　八重洲口大栄ビル7F
☎出版マーケティンググループ　03-6202-0386
（ご注文等に関するお問い合わせ）

https://starts-pub.jp/

印刷所　大日本印刷株式会社

ISBN　978-4-8137-9070-9　C0093　Printed in Japan

［坂野真夢先生へのファンレター宛先］
〒104-0031　東京都中央区京橋1-3-1　八重洲口大栄ビル7F
スターツ出版（株）　書籍編集部気付　坂野真夢先生

ISBN：978-4-8137-0528-4　※価格、ISBNは1巻のものです

異世界ファンタジー
BFは
毎月5日
発売!!
竜王様、
ごはんの
時間です!
グータラOLが
転生したら、
最強料理人!?
徒然花・著
本体:1200円+税
元・平凡OLが巻き起こす、
異世界メシ革命
平凡女子のレイラは、部屋で転びあっけなく一度目の人生を終える。しかし…目が覚めると…なんかゴツゴツ…これって鱗? どうやらイケメン竜王様の背中の上に転生したようです。そのまま竜王城で働くことになったレイラ。暇つぶしで作ったまかない料理(普通の味噌汁)がまさかの大好評!? 普段はクールな竜王をも虜にしてしまい…!?
ISBN:978-4-8137-9047-1